部長会議《ぶちょうかいぎ》はじまります

作 吉野万理子

朝日学生新聞社

部長会議はじまります

部長会議は終わらない

部外者
華道部部長
理科部部長

部長会議はじまります

美術部部長、怒る

「四時から、臨時の部長会議を始めます。文化部の部長のみなさんは、大講堂に集まってください」

アナウンスが流れる。

オレは壁の時計を見た。午後三時四十三分。そろそろ行かなくては。

美術室は部活の真っ最中だ。部員は既《すで》にみんなそろっていて、文化祭の装飾の準備を始めている。

本当は、オレだっていっしょに作業をしたい。なぜって、文化祭は十月七日の土曜日。今日が九月四日なので、あと一カ月強しかないからだ。その間に中庭や階段の装飾をカンペキに用意しなくてはならない。

でも、今日の臨時部長会議に限っては、休むなんてありえない。何しろ主役は美術部なのだから。

「じゃあ、行ってくるよ。『マジふざけんな！』って、他の部長たちにガツンと言ってきてやるから」

グーの形にした左手で、パーにした右手をバチッバチッとたたいて、気合を表明した。けれど、そんなオレの行動を見ている部員はいなかった。

みんな、マイペースなんだ。ペンやはさみを手に持ちながら、

「行ってらっしゃーい」

顔も上げずに言うだけだった。美術部は運動部みたいな団結力がない。それが、こういうときは不満だ。

オレは口をとがらせた。

「おまえらのために闘《たたか》うって言ってるのにさ」

「え、なんだっけ。闘うって」

目をパチパチまばたきさせながら、こちらを見上げたのは、同じ三年生の内村《うちむら》だった。風景画が得意で、口数は少ない。

「ジオラマだよ！　『ジオラマ事件』。けさ起きたばっかだろうが」

内村は肩を丸めて、目をそらす。

「ああ、ああ、ごめん。そうだった。よろしくお願いします。ていうか、ジオラマは今どこ？」

「大講堂だよ。それを目の前に置いて、部長会議で犯人捜しするんだ」

「犯人……いるのかな」

「いるだろ。当然な！」

二年生六人は、会話に注意を払わず手を動かしているが、一年四人は、強い口調を気にしているみたいで、顔色をうかがっている。オレは「運動部に所属しているの？」とよく聞かれるくらい、体がデカいので、威圧《いあつ》感を与えてしまうようだ。

下級生たちを見て、オレは声をやわらげた（つもりだ）。

「よろしく頼むな。オレら、文化祭である意味、主役だからさ」

廊下《ろうか》に出る直前、森下花火《もりしたはなび》の姿が目に入った。三年生で唯一の女子。「ジオラマ事件」の一番の被害者なのだ。

本当は、おまえも部長会に来て証言してほしいところなんだぞ。

そう言いたいところだが、花火を呼んでも、どうせぼんやりしていて頼りにならない。今も、紫色の絵の具をパレットに載せたまま、ぼうっと斜め四十五度の角度の上方を見上げていた。どう塗《ぬ》ろうか考えているのかもしれないが、魂《たましい》が抜けてどこかへ飛んでいってしまったようにも見える。

「花火、行ってくるぞ」

とだけ、呼びかけた。

「えっ、何?」

びくっと肩をふるわせて、花火はこちらを見た。

花火には、聞き返してくるクセがある。それが気にならない日と、今みたいに少しイラッとする日がある。

もし花火が美術部ではなくて、他の部のよく知らない女子だったら、「ウザい」と感じたかもしれない。肌の色が濃くて表情がわかりにくいし。かろうじて、「ウザ」く感じないのは、美術部のなかで一番絵がうまいからだ。

オレは廊下に出た。美術室は校舎の三階の東側にあって、目指す大講堂は一階の西側だ。この講堂は二階まで吹き抜けになっていて、中学校の全生徒六百人が入れる。

「藤本《ふじもと》ォ」

声をかけてきたのは、理科部部長の金城《かねしろ》幹太《かんた》だった。部長会の副会長でもある。いつも笑顔でへらっとしているが、今はめずらしく真面目な表情だ。

「部長会議、少し遅れるって伝えといてくれる？」

「遅れんのかよ。何分？」

「え……そしたら、七、八分」

「七分遅れると、他の部長十五人からそれぞれ七分奪うことになって、つまり『七×十五』で、合計百五分間の遅刻になるって自覚してるか？」

「えっと……じゃあすぐ行く」

幹太は下を向いて、三年四組の教室へ入っていった。

今の言い方も強すぎただろうか。オレは考えながら、廊下を進んだ。

小学生のときから、しゃべり方はきつかった。でも、あの頃はいつも横に宏道《ひろみち》がいた。あいつはボケがうまくて、きつめにツッコめばツッコむほど、大きな笑いに変えてくれたんだ。だから、オレも「面白い人」というポジションでいられた。

けれどオレは中学受験をして、中高一貫の詠章学園《えいしょうがくえん》に進学した。宏道は地元の中学に行ったので、だんだん会わなくなった。代わりにツッコんでくれる人が見つからなくて、いつの間にか、ただの「キツイしゃべり方をする人」になってしまったんだ……。

廊下の一番端にある階段は、手すりが木製でアンティークなつくりだ。手すりに腰かけてすべりおりたい誘惑にいつもかられるが、実際にやったらきっと壊れるだろう。創立五十八年のこの学校は、あちこち校舎が老朽化している。

大講堂に着いた。天井はアーチ型になっていて、吹き抜けなので声がよくひびく。たった十六人の会議をこんな広い場所でやるなんて、普通は変だ。でも、これはオレからのリクエストなのだった。

舞台に近いところに、何人かが並んで座っているのが見えた。

オレは最前列の中央に陣取った。着席すると、華道部の桂木史帆《かつらぎしほ》が近づいてきた。十六人いる文化部の部長を取りまとめる会長を務めている。この会議の進行役でもある。ちなみに運動部の部長六人は、別途会議をやっているんだ。

「ねえ、藤本くん」

「なんだよ」

顔を上げて、史帆の長い髪をながめた。校則では、長さの制限がないから、背中の下まで髪を伸ばしている。学校ではゴムでまとめているから目立たないけれど、休みの日に駅でバッタリ会ったら、髪をふわっとなびかせていて、高校生みたいに見えた。以来、なんだか少し尊敬している。

「今日は他に議題ないから、いきなり『ジオラマ事件』のことを話すけど、どうしよう？　わたしが概要を改めて説明するのと、藤本くんが話してくれるのと、どっちがいいかな」

「どちらでも」

ぶっきらぼうに言っても、史帆はびくびくしない。オレを怖がっていない数少ない女子だ。

「じゃ、わたしが簡単に説明するね」

「犯人はまだわかんないのかよ」

「うん。ひどいよね」

「絶対につかまえてやる。許さない」

にぎりこぶしを作って、空《くう》をパンチして見せた。

四時になった。

「それでは部長会議を始めます」

壇上《だんじょう》で史帆が話し始めた。後ろには、遅れると言っていた理科部の金城が、ちゃんと間に合って立っている。いつも史帆が司会で、金城が書記係という役割分担なんだ。今日は大講堂だから、ホワイトボードはないけれど。

「夏休みが終わって最初の部長会議は、本当はしあさっての木曜日なんですが、そこまで待てないので、緊急に臨時部長会議を開くことにしました。なんでかっていうと、事件が起きたせいです。朝礼のときは、はっきり言わなかったから、細かく知らない人もいるかもしれませんね。これからちゃんと説明します。『ジオラマ事件』のこと」

史帆は、演卓に置かれた大きなジオラマを指さした。

毎年、九月の初めに、美術部は朝礼で発表する。文化祭当日、中庭と階段をどんなふうに装飾するか、っていうプラン。わかりやすいようにジオラマで見本を見せるのだ。

ジオラマというのは、先輩たちが何年も前に紙粘土を使って作ったもので、学校全体を立体的に見ることができるんだ。そこに毎年、装飾のイメージを、紙や粘土を使って作りこんでいく。

このジオラマには、他にも伝統がある。最上級生である三年は、自分の立体像も作るんだ。三センチくらいのちっちゃいやつ。それをジオラマの好きなところに置くんだよ。

こんな凝ったものをわざわざ作るくらい、文化祭の装飾には力を入れている。美術部にとっては、一年で最大のイベントだ。

なにしろ、文化祭の来客はみんな、校舎、体育館などどこへ行くにしても、必ず中庭を通る。

だから「学校の顔」をどんなふうにデザインするかはとっても重要なんだ。

うちは中高一貫校だけど、一部の運動部を除いて、部活は中学と高校で別。だから、高校の校舎は別の装飾がほどこされる。もちろん高校の美術部がやるんだ。去年もおととしも、さすが先輩はすげーな！と思った。けれど年によっては「中学のほうが高校よりも力が入っててカッコいいね」と評判になることがあるらしい。今年もそれを目指しているのだ。

史帆の説明が続く。

「けさ、朝礼の前に、美術部部長の藤本くんが大講堂の楽屋に置いてあったジオラマを、ここに置くために運び出そうとしたら、ひどいいたずらをされていたことに気づきました。それで、ジオラマを出すのをあきらめて、藤本くんは全校生徒に対して口頭で説明するしかなかった」

あのときは必死だった。校長先生がすぐ横にいて「どうしたの」とたずねてくるし、大講堂に着席している計六百人の生徒がオレを見つめている。

口ごもったり怒ったりしてる場合じゃない。装飾のことを説明しなきゃ、と無我夢中だった。なんとか無事話し終えた。でも朝礼の後、どんどん腹が立ってきた。誰がいたずらしたんだよ。なんで壊したんだよ……。

オレは手を上げた。

「はい、藤本くん」

すぐに気づいて、史帆が指名する。

「続き、オレが話してもいいかな」

「あ、うん」

史帆は、マイクを渡してきた。たった十六人で話すのに、別にマイクはなくていいんだけど、大きな声でしっかり話したかったから、オレはそれを受け取った。

「誰かがジオラマの一部を盗んだ。おまけに、血で塗りたくったような跡を残したんだ」

オレはジオラマを斜めに持ち上げて、みんなが見えるようにした。後ろの席に座っていた部長たちが立ち上がって、身を乗り出している。

冷静になれ。自分に言い聞かせた。

「朝礼の繰り返しになる部分もあるけど、聞いてください」

息をはいて、それから吸った。

「オレたち美術部は、夏休みに何度も集まって、このジオラマを作りました。今年の文化祭のテーマは、五月に文化祭実行委員会が発表しましたよね。『マジックアワー』です」

夕方、太陽が沈んでから空が真っ暗になるまでの短い時間のことを、マジックアワーと呼ぶ。

直訳すると「魔法の時間」だ。来客に魔法のような楽しい時間を過ごしてほしい、という二重の意味を込めて、このテーマにしたと聞いた。

「美術部では、みんなで相談して、こういう装飾に決めました。このジオラマ、中庭と階段が紫からブルーのグラデーションになってるの、わかりますか？　マジックアワーを表現しています。空が紫色になって、星がきらきらと浮かぶイメージ。で、ここ」

オレは、中庭のあちこちを順に指さした。

「オレたち三年生が、それぞれ紙粘土で、自分の立体像を作りました。まあ、高さ三センチくらいのちっちゃい像だけど、それをジオラマの好きなところに置く、っていうのが、美術部の三年生の伝統なんです。オレは、階段の上に置いて、女子部員の森下花火がベンチのとこに置いて、あとのみんなも通路とか下駄箱《げたばこ》の入り口とかに置いて……。なのに」

オレの立体像は、左手に小さなデッサン帳、右手に小さな小さなペンを持って、絵を描いてる構図にしたんだ。

ジオラマから目を離し、オレはマイクをギュッとにぎりなおした。

「なのに、立体像が全部消えた。そして、森下花火の像があったところが、血で汚れたみたいに、真っ赤に塗りつぶされてるんだ」

　マイクを持っていないほうの右手で、バンと演卓をたたいてしまった。

「勝手に立体像が消えるわけがない。誰かが盗んだんだ。これは美術部への侮辱《ぶじょく》だと思う。許せない」

「誰がやったのか、心当たりは？」

　そうたずねてきたのは、史帆だ。オレは言葉に詰《つ》まった。犯人が許せない、つかまえたい。そういう気持ちはあったけれど、誰が犯人なのか具体的には推理できていなかった。

「オレが知るわけないじゃんか」

「だって、三年全員の像が消えたなら、美術部の三年生に恨みを持つ人のしわざってことはあるでしょ？」

「美術部の三年全員に？」

　オレは聞き返してしまった。

「たとえば、あ、もちろんこんなことないと思うけど、指導が厳しすぎて二年や一年が反乱起こしたとか」

「ないない！」

　さっきの部活の様子を思い出しながらオレは力を込めた。

「うち、運動部じゃないんだから。先輩にあいさつするのも忘れて、ふわーっと部活に来て、ふわーっと帰ってくやつらばっかりだよ」

「そっか」

史帆は、あごに手を当てて考え込んでいる。オレは言ってみた。

「花火が、カギなんじゃないかとオレは思ったけど」

「森下さん？」

「だって、あいつの像があったところだけ、赤く塗られてる。まるで血みたいだ、ってオレはぞっとしたんだ」

「これ、絵の具？」

「ポスターカラー。ジオラマのそばに置いといたんだよ。最後に手直ししようとして。箱には全色入ってたのに、よりによって使われてるのが赤」

「ふうん……」

オレたちは、すっかりふたりで話し込んでしまっていた。書記係の金城も、ぼうっと立ちつくしている。

それに気づいて、オレはみんなのほうへ向き直った。

「誰か、花火と同じクラスのやつっていたっけ」

相楽夢架《さがらゆめか》と目が合った。実は前から気になってる女子。口元のえくぼがかわいい。いや、えくぼだけじゃなくて、笑顔も真面目な顔もかわいい。

オカルト研究部の部長さえやめてくれたら、告白してしまうかもしれない。でもオレは、どうもああいうのは胡散臭《うさんくさ》いと思っちゃう。オカルト好きの女子はカノジョにしたくないな。

「あたし、同じ五組だけど……」

「花火って、クラスでどんな感じ?」

「運動神経はいまいち。授業中にときどきノートに絵を描いてるよ」

実はそういうことが聞きたかったのではない。いじめられていないか、それとなく探りたかったのだ。でも、夢架が相手だと、オレはあまり強く言えないのだった。

「美術部としては、これは『ま、いっか』じゃすまないことだから。誰がこんなことしたのか、部長会で追及してほしい。じゃないと、文化祭前って、美術部に『看板作ってくれ』とかいろいろお願いが来るけど、一切応じられないから。そこんとこよろしく!」

＊

「最近、学校のほうはどうなんだ？」

晩ご飯を食べながら、お父さんがそう聞いてきた。

お父さんはＩＴ系の会社でシステムエンジニアをやっている。週の前半は早く帰ってきて晩ご飯をいっしょに食べることが多い。週の後半はたいていてい夜遅く帰ってくる。金曜日は仕事が終わらなくて、徹夜して土曜日の朝に帰ってくることもある。

「学校？　うーん……」

オレは「ジオラマ事件」のことを話しかけて、口ごもった。

お父さんは、オレが美術に打ち込んでいることを、あまりよく思っていない。自分は学生時代、野球をやっていたそうで、オレが運動部に入ったらよかったのに、と残念がっていた。

「まあ、普通」

「ハハ、素《そ》っ気《け》ないな」

今日はもうお風呂も入って、ビールをちょびちょび飲んで、キゲンがいいみたいで笑っている。

だったら、少し話してみようかな、とオレは思った。何しろ、部長会議が終わってから家に帰るまでの間も、赤く汚されたジオラマのことばかりずっとずっと考えていたから。

「ちょっとトラブルがあってさ」

「ん？」

「文化祭の装飾をどんなふうにするか、美術部でジオラマを作ったんだけど、それがいたずらされたんだ。もしかして、オレらにうらみのあるやつがいるのか……。一番ひどくいたずらされたのは、女子の部員だから、そいつがいじめられてるのかもしれない、って思ってさ」

「それはやっかいだな」

オレは大きくうなずいた。「やっかい」っていう言葉が、自分の抱えてるものをうまく説明してくれた気がしたんだ。お父さんなら、もっとアドバイスしてくれるかも。くわしく話そうと思ったときだった。

「それで、美術部はいつまでやるんだ？　そろそろ引退するのか？」

「え？　ああ、うん。文化祭が十月七日だから、その日で三年は引退。まあ卒業まで、中二のフォローしたり、部活には通うけど」

「高校で、違う部活に移る子はいないのか？」

けっこういる。中学にはなくて、高校にだけ存在する部もいくつかあるし、部活に所属しない「帰宅部」の人も増えるだろう。

でも、それをお父さんには言わないほうがいい気がした。

「まあ、だいたい、いっしょだよ。高校では、受験のために早めに引退する人も多いって聞いたよ。だから新しいことをやるよりそのまんま続ける人が多いみたい」

「ふうん、そんな程度なら、高校ではわざわざ部活に入ることもないのかもな」

「え？」

「母さんとも相談してたんだ。中高一貫だからって油断せず、そろそろ塾、行ったほうがいいんじゃないか？」

台所でお茶を入れていたお母さんが、

「そうよー。時間はあっという間に過ぎていくからね」

と、話に参加してくる。

「いや、でもオレの場合、美術部にいるのも塾に行くみたいなもんだし」

「ん？　どういうことだ」

言うのは勇気がいる。でも、ここまで来てしまったら、だまっているわけにはいかない。

「美術系の大学に行こうと思ってて。だったら、美術部も受験勉強につながるっていうか」

「何、おまえ、美術系の大学……。母さんは知ってたのか」

「え、今初めて聞いたわよ」

お母さんが手を左右に振りながら、驚いた表情で続ける。

「美術は厳しいんじゃないの？」

お父さんは食べるのを完全にやめて、顔をしかめている。

「母さんの言うとおりだ。一生、絵を描いて生きていくのか」

「うーんと、まだわかんないけど」

具体的にどんな仕事につきたいか、まではまだ考えてなかった。画家やイラストレーターもあこがれるけど、もっと他に職業があるなら、それでもいいかもしれない。

「あのな。絵で飯を食っていくには才能が必要だ。父さんだって母さんだって、そんな血筋じゃないし、賢哉《けんや》が美術に秀《ひい》でているとは思えないな」

お母さんが、お父さんとオレを交互に見ながら、とりなすように言う。

「そんな、秀でてないわけじゃないわよ。昔から賢哉は絵が上手だったもの。ただね。プロとしてやっていける人って、おそらくほんの一握《ひとにぎ》りで……」

「そうだ。一番強いのは、最先端の技術を扱う会社で、最先端の技術を使う仕事をすることだ。そうすれば、万が一、勤めている会社が倒れても、他から必要とされる」

お父さんは、システムエンジニアという仕事に、誇りを持っているんだ。けれどオレは——。

「文化祭に来てよ！　うちの美術部の実力を見てから、そういうことは言ってくれよ」

＊

翌朝は、八月のお盆の暑さが戻ってきたかのような、強烈な日差しだった。オレは校舎へ向かう坂道を、のろのろと上った。

「ジオラマ事件」のこと、装飾の手順のこと……。考えなければいけないことはたくさんあるのに、昨日《きのう》の、お父さんとお母さんとの会話ばかりが、頭のなかを駆けめぐる。

文化祭に来て、うちの美術部の実力を見てくれ、と言ったら、お父さんは苦笑いを浮かべていた。「中学生がいくら頑張ったって、大人をうならせるようなものはできないだろうよ」なんて、決めつけてくるんだ。だから、頑張らなきゃいけない。

なのに、お父さんの意見に引きずられそうな自分もいる。やっぱり、美術の道に進む力が足りないだろうか。たしかに、親戚《しんせき》には誰ひとり、美術系の仕事についている人はいない。

森下花火のやつ……。ちょっぴりねたましくなる。

花火のお母さんは画家だ。油絵をいっぱい描いてて、ときどき個展を開いていると聞いた。現役バリバリの「絵で飯を食ってる人」なんだ。そんな家に育ったら、美術系の学校に進学するのももちろん賛成されるんだろう。

校門を入って、さらに階段を上る。文化祭当日は、このあたりから紫色の装飾に彩られる予定だ。

でも、うまくいくだろうか……。イラついているせいか、不安になってくる。当日、雨が降るかもしれないし、「ジオラマ事件」のせいで装飾が間に合わないかもしれない。そうしたら、お父さんたちに「やっぱり大したことないな」と言われてしまう……。

階段をようやく上り切ろうとしたとき、中庭の花壇《かだん》の前に、花火が突っ立っているのが見えた。

隣にいるのは、園芸部部長の遠江美和子《とおとうみみわこ》だ。学年の女子で一番背が高い。背の低い花火を見下ろしながら、何かしゃべっている。

オレは近づいた。

「オッス」

呼びかけると、美和子は目を合わせないように顔をそらしながら、小走りに昇降口のほうへ行ってしまった。

「どうした？」

普段なら女子同士がどんな話をしようが気にならないんだけど、このときは、なぜか美術部に関係があると直感で悟《さと》った。

「え、何が？」

いつものように花火が聞き返してくる。また、イラッとしてしまう。

「だから、何しゃべってたんだよ」

「なんか……怒られた……かも」

「え、怒られた？　あいつに？」

意外な返答に、今度はオレが聞き返してしまった。

美和子は、いつも自虐的《じぎゃくてき》なことばかり言っている。「背が高い」とからかわれると、「そう！　巨人すぎて一生結婚できそうにない遠江美和子です。それが何か？」と言い返してくるのだ。でも、攻撃したり文句をつけたりするタイプではない。

「美術部の装飾のプランが気に入らないんだって」

「はぁ？　なんで園芸部にそんなこと言われなきゃなんねーんだよ」

「ほら、ここ」

目の前の大きな円形の花壇を、花火は指さした。名前はよく知らないけれど、赤、ピンク、黄色、オレンジの花が、ぐるりと弧《こ》を描いて植えられている。強烈な朝日を浴びて、花びらはややパサついていた。

「これが、何？」

「マジックアワーの装飾では、ここも紫色のカバーかけちゃうでしょ？」

たしかに、色とりどりの花があると邪魔なので、紫の布で花壇全体を覆《おお》うことにしている。

「でも文化祭の前日と当日、二日間だけだよ。別に花壇の花を抜けとか言ってるわけじゃないし」

「園芸部はここを見せたいんだって。文化祭でたくさんの人に、花壇を見てほしいって」

「そう言われても、オレらのコンセプトに合わねーし。つか、そもそもなんで、花火に言ってくるんだよ」

「え？」

「だから、花火じゃなくて、なんで部長のオレに言ってこないのか、って」

「藤本くんには言いにくい、って」

「なんだそれ。卑怯《ひきょう》だよな」

我《われ》ながら不思議だ。さっきまで花火の家庭環境がうらやましくて、イラついていた。でも、他の部のやつに攻撃されると、花火を守らなきゃいけないと思う。うちで一番才能があって、この装飾でもきっと活躍してくれる。園芸部のやつらに言われたことを、変に気にしてほしくない。

「だいじょうぶ。おまえは気にするな。オレが美術部の盾《たて》になるから」

「タテ?」

「オレが美術部を守るってこと。だから装飾に集中しようぜ」

そうだ。文化祭当日、お父さんとお母さんが来たとき、あっと言わせるようなものを準備しなきゃならないんだ。反対意見にも、ジオラマのいたずらにも、オレは負けない——。

オカルト研究部部長の悩み

あー、部長会議って退屈。木曜の定例会だけでも面倒くさいのに、なんで部活のある月曜日に臨時部長会議なんて開くかなぁ。

さっきまで、うちのオカルト研究部の部活、盛り上がってたのに。ちょうど文化祭の出し物を相談していたの。

今年の部活の研究発表は「UMA」にする予定なんだ。この話をすると、よそのクラブの人はみんな「ウマ?」って聞いてくるんだよね。違うよ。「ユーマ」って読むの。

UMAは、謎の未確認動物っていう意味。ほら、ネス湖のネッシーとか、日本でもツチノコとか、聞いたことあるでしょ? いるっていう伝説はあるけど、はっきり実証はされてない。そういう生き物は世界にまだいっぱいいるんだよ。

うちの部活はいつもパソコン室でやるんだけど、部長会議に呼び出される寸前、部員たちとパソコンで動画を見てたんだ。

知らなかったなぁ。アイスランドワームモンスター。

アイスランドは、イギリスよりさらに北の寒い国。そこの湖にね、十四世紀頃から、巨大なヘビみたいな生き物がいるという伝説があるの。三メートルや五メートルじゃないよ。何十メートル、もしかして何キロもの長さがあるかもしれないんだって。

それを撮影した人がいるの。その映像をパソコン室で、みんなで見てたんだ。もちろん百パーセント鵜呑《うの》みにしてないよ。もしかして、ねつ造かもしれないしね。でも、みんなが知らないモンスターが、湖の底で生きてるかもしれないって、想像するだけでワクワクするんだよね。うちの部活ってそういう人たちの集まりなの。

それにくらべると、部長会議のメンバーって、なんだか堅苦《かたくる》しくて重くて、苦手。それに、「差別されてる感」があるんだよね。

去年の秋、わたしが部長になった直後、初めて部長会議に参加したときのこと。会議を仕切る会長と副会長を選ばなきゃいけない、って話になって、誰も立候補者がいなくて。

そしたら誰かが、「オカルト研究部あたり、ヒマそうだし、やってくれないかな」と言いだしたの。たしか器楽部部長の相沢《あいざわ》くんだったかな。ヒマそうっていうのは心外だけど、指名してもらって、ちょっとうれしかった。まあ別にやってもいいよ、と思ったの。

なのに、答えるより前に、美術部部長の藤本賢哉《ふじもとけんや》が言ったんだ。

「オカルト研究部が部長会の会長ってさ〜、他の中学のやつらに言ったら、笑われる危険性あったりして」って。

そしたら、クスクスクスクスって忍び笑いが室内に広がった。そしてわたしが会長になる話は、立ち消えになっちゃった。

うん、わかってる。オカルト研究部が変な目で見られてるってこと。けどね、言いたいんだ。君たちは世界を全部知ってるの？　知らないでしょ？　そこには思いがけない不思議なものが存在してるかもしれないんだよ？　君が気づいてないだけかもしれないよ？

会長は結局、華道部の桂木《かつらぎ》さん、副会長は理科部の金城《かねしろ》くんになったんだ。よかった、藤本賢哉じゃなくて。

桂木さんはおしとやかな美人で、言葉遣いもとってもていねい。金城くんは、いっつも冗談《じょうだん》言って、周りの人を笑わせてる。

一方の藤本賢哉はというと――今、みんなの前で、べらべらしゃべってる。相当怒ってるみたい。

なんで、藤本って美術部なんだろう。見た目はゴツくて、ちょっとオランウータンっぽい。ラグビー部あたりが似合いそう。うちの中学にはないけど、高校にはあるんだよ。

藤本は、ジオラマがどうとかこうとか、荒れまくってる。森下花火《もりしたはなび》ちゃんの像が一番ひどくいたずらされたんだって。

美術部って雰囲気悪いんだろうな。

「花火って、クラスでどんな感じ?」

突然、藤本が質問してきて、なぜか目が合っちゃった。

「運動神経はいまいち。授業中にときどきノートに絵を描いてるよ」

正直、森下花火ちゃんのことはよく知らないの。教室でしゃべったこと、ほとんどない。

肌の色が濃いから、一年生の頃は、「外国から来たのかな?　もしかしてあんまり日本語話せないのかな」って勘違《かんちが》いしてた。それもあって話す機会をなくしちゃったんだ。本当は、ただ口数が少ないだけだったみたい。

後から、お母さん方のおばあちゃんが、タヒチっていう国の出身だってウワサを聞いた。

藤本がまだ文句を言ってる。

「誰がこんなことしたのか、部長会で追及してほしい。じゃないと、文化祭前って、美術部に『看板作ってくれ』とかいろいろお願いが来るけど、一切応じられないから」

あまりに強い口調だから、花火ちゃんのこと、急に気になりだしちゃった。もしかして、本当にいじめられてたのかなぁ。

だとしたら……オカルト研究部の研究発表の看板、花火ちゃんに作ってもらおうかな。それをきっかけに、少し話せるようになれたらいいよね。

＊

部長会議の後、パソコン室に戻ったら、部員たちに、

「おつかれ〜！」

ってねぎらってもらえた。みんなで、アイスランドワームモンスターについて、ずっと議論してたんだって。

「もしかしてこの映像、本物じゃないかもしれないって結論に至った」

そう清夏《せいか》に言われて、

「えー、なんだ。そうなのぉ？」

ガッカリしちゃった。

清夏は、同じ三年生の女子。リーダーシップがあるから、部長になればいいと思ってたんだけど、塾が忙しいんだって。わたしが対外的には部長だけど、部内では清夏が部長みたいなものなの。だから、任せちゃってる。

「で、臨時部長会議って、何がテーマだったの？」

清夏に聞かれたので、くわしく答えた。「ジオラマ事件」のこと。

美術部の作ったジオラマの一部が、血塗られたように赤く染まってた、って伝えたら、清夏ってば、大喜びし始めたの。

「『血塗られた！』って、なかなかステキな表現だね！　オカルトな香りが漂いまくってるよ」

ああ、たしかに。思わずうなずいちゃった。みんなも面白がってる。そうだよね。そこに反応しなかった自分を反省。藤本賢哉のことがキライだから、話をあんまり吸収しようとしなかったんだよね。

「見に行ってみませんか？　どこにあるんですか、ジオラマ」

そう言ってきたのは、一年男子の玉川《たまがわ》哲二《てつじ》くん。わたしはていねいに答えた。

「大講堂にまだあると思うよ」

うちの部活ってね、圧倒的に女子が多いの。三年生四人と二年生四人は全部女子。まるで女子校なんだ。でも、今年入った一年生が二人とも男子なの。わたしたちの大切な財産！　あ、後輩のこと財産なんて言ったら、かえって失礼なのかな？

とにかく、男子たちの希望は百パーセントかなえてあげる、っていうのが、上級生の暗黙のルールなわけ。

「じゃあ、今から行ってみようか。美術部部長が会議の後で、もとの場所に戻してた。大講堂の裏側の楽屋にしばらく置いとくって」

「よし、行こう行こう！」

清夏もノリノリなので、二階のパソコン室を出て、大講堂に向かった。西日が校舎の窓越しに差し込んできて、廊下《ろうか》全体がオレンジ色に光っている。

大講堂の左側にあるドアを、わたしは開けた。そこが楽屋になってるの。文化祭のとき、演劇部がお芝居やるんだけど、着替えに使うんだって。

「ほら、ここ」

「おぉ～、間近で見るの、初めてだ」

みんな、ジオラマに近づいた。楽屋は十人の部員がなんとか全員入れる広さなの。

「わ、たしかにこれ、ぐちゃぐちゃに塗ってあるな」

真っ赤なポスターカラーで、一部が汚されている。血に見えなくもない。

「ここの上に、森下花火ちゃんって、うちのクラスの女子で、美術部員なんだけど、その子の立体像があったんだって」

「ふうん」

「で、他の四人の三年生の立体像も全部消えちゃったらしい」

「これは、何か、においますわよ」

清夏がうれしそうに、あたりのにおいをくんくん嗅《か》ぐふりをしている。

「あの、先輩。いたずらされたこのジオラマを最初に見つけた場所は、ここですか?」

そう聞いてきたのは、玉川くん。

「うん、そう。土曜日の部活の最後に、大講堂の楽屋へ持ってきたんだって。今日の朝礼のときに、部長がジオラマを見せながら話すために」

「朝礼のためだけに作るんですか?　ジオラマって」

「ううん」

わたしより早く答えたのは、清夏だった。

「その後、正面玄関の前にしばらく飾るんだ。去年だと二週間くらいかな」

「なるほど。今のジオラマの位置、事件が発覚したときと、完全に同じですか?」

玉川くんに聞かれて、わたしは首をかしげちゃった。だって、見てないもの。ただ、さっき楽屋に運んだのは藤本賢哉と理科部部長の金城くんで、大講堂に残っていたわたしのところまで、ふたりの会話が聞こえてきた。

「ぴったり元通りの場所に戻せよ」

「うん、わかった」

そう言ってたの。だから、わたしは玉川くんに答えた。

「たぶん、同じだと思うよ」

「そうですか」

玉川くんと、もうひとりの一年生の塩崎《しおざき》くんが、ジオラマを置いたテーブルの下にしゃがみこんだ。まるで土下座《どげざ》してるみたい。で、急に玉川くんが顔を上げて、こっちを見たの。

「ほら、見てください。何か、変なものが落ちています」

「ええっ」

わたしたち上級生はいっせいにしゃがみこんだ。

「え、何が変なの？」

「見えないよ」

わたしたちが口々に言ってると、玉川くんは、手で床をなでるようにさわってから、その指先をこちらに向けた。

「ほら、金色の星みたいなの、ありますよね？」

わたしたちは中腰のまま、見入った。たしかに、指先にぴかぴか光っているものがある。

「これ、ビーズだよ」

そうわたしが言うと、塩崎くんがうなずいた。

「なるほど、星形のビーズですか」

大きさは〇・五センチより、もう少し小さいくらい。立ったまま床を見ると、気づかないサイズ。それが床に十個くらい落ちていた。

「ジオラマから落ちたのかな？」

わたしはつぶやいた。テーマが「マジックアワー」だものね。星空を描くのに、美術部が使ったんじゃないかと思って。でも、ジオラマの上には一つも見当たらなくて、床にだけ落ちているのが不思議。

「なんか、怪しいィィー」

清夏がうれしそうに、にっと笑っている。UMAの面白い動画を見つけたときと同じ表情だ。

「赤いしるしと、金のビーズ。何か意味があるんじゃないでしょうか?」

玉川くんが、手のひらにビーズを置き換えながら言う。わたしたちは発見者の見解を聞きたくて、いっせいに玉川くんのほうを見た。

「同一人物がわざと置いた。メッセージを伝えるために」

「メッセージ?」

「なんのために」

と、二年生の女子たちが矢継《やつ》ぎ早《ばや》にたずねる。

「それはわかんないです。ただ、この学校にもしかして大きな事件とか事故が起こるかもしれなくて、それを伝えてきてくれてる人間……あるいは宇宙から未知の生物が来たのかも?」

「それは、ありだね!」

わたしが一番に同意したのは、本当にそう思ったから、というよりも、「森下花火がいじめられている」って説よりは、こっちのほうがずっと楽しそうだな!と感じたからなの。

じゃあ、具体的に何を伝えてきているのか考えよう、と言いかけたんだけど、放送のほうが先だった。

「下校時刻十分前です。まだ校内に残ってるみなさんは至急帰りましょう」

「うわ、まずーい」

わたしたちは、パソコン室に戻った。下校時刻までに校舎を出ないと、翌週の部活動が禁止になっちゃうの。

荷物をまとめながら、清夏がわたしに提案してきた。

「明日、来られる人だけ、臨時でパソコン室に集まるの、どう?」

もちろんうなずいた。臨時部会なんて、去年の文化祭の直前以来かな。臨時の部長会議と違って楽しみ。

家に帰ってからも、わたしは家のパソコンを借りて調べた。同じものかわからないけれど、金のビーズ、インターネット上でも売ってた。こういう平べったい形状のビーズは、ロンデルっていうんだって。五十個で三百円。けっこう安いみたい。

血塗られたようなポスターカラーに加えて、金のビーズ。いったい犯人は何がしたかったんだろう。学校内のいたずらっていうより、宇宙人のメッセージのほうがたしかに説明つく気がしてきちゃった。

　翌日の午後三時半、パソコン室に行ったら、みんな次々と集まってきたのでびっくり。動画で見る遠くの不可思議なことより、学校内の謎《なぞ》のほうが、そりゃワクワク度は上がるよね。

「誰か、なんかわかった？」

　そう問いかけたら、清夏が、

「うーん、難しいよ。わかんない」

と首をひねった。よかった、わたしもだから。すると、またも玉川くんがサッと手を挙げたの。

「ボクは、宇宙からのメッセージと関係あるかも、と思って今年の天体の異変を調べてみました」

「異変？」

「皆既《かいき》日食とか、スーパームーンとか、そういうのです」

「ああ、異変っていうか、天体イベントだね」

「今年のスケジュールをチェックしました。そしたら、文化祭の前の日の十月六日、天体に変化があるようです」

「えっ」

　玉川くんは、メモを書いてきたらしくて、それを読み上げる。

「火星と金星が、大接近してぴったりくっつくんです」

「へえ！」

「そうなんだ！」

みんな声を上げたけど、すぐに玉川くんは続けた。

「まあ、火星と金星は何億キロも離れてますから、ぶつかるわけじゃないですけどね」

「だよね……」

みんなが脱力したときだった。

「でもさ、そこにヒントがある気がする。話を盛ろうよ」

清夏がペンを持って、ホワイトボードの前に立った。

え、盛るって……どういうこと？

＊

二日後の木曜日は、部長会の定例会議。普段から面倒くさいけど、この日はいつもの百倍、気が重かったの。

だって、「ジオラマ事件」について、オカルト研究部からの見解を発表することになっちゃったから。わたしは、うちの部が「差別されてる感」あるし、目立つことはしたくなかったのね。

でも、清夏は逆だって言うの。「普段、オカルト研究部は、何やってるかわかんないって思われてるからこういうときに存在感見せなきゃ！」だって。

そうは言うけどね。ほら、明らかな事実だったら言いやすいよ。でも、火星と金星が接近する、っていう話に、さらに清夏たちが作った「創作話」を盛ってしゃべらなきゃいけないわけ。

そういうの、キツイよね。

もともとわたしは、世間に広まってる都市伝説が、本当かウソか、って考えるのが好きなのね。でも、清夏たちは自分で作った怪談をしゃべって怖さを競うとか、そういう創作も好きなんだよね。そこだけ合わないんだ……。

まあ、会議で発言しなくて、でも「言ったよ」って伝えとけばいいかな、って思ったら、その後ろ向きな姿勢がバレちゃったみたい。「なら、あたしが行って、部長の代わりに発表するよ」って、清夏も部長会議についてきちゃった。今日は、大講堂じゃなくて、いつも会議をやってる視聴覚室なの。

「あれ？　今日はふたりで？」

部長会長の桂木さんに変な顔されたけど、ダメとは言われなかった。

で、会議が始まって、英語部のコンテスト出場の結果とか、いくつか事務連絡があった後に
やっぱりまた「ジオラマ事件」の話になった。美術部の藤本賢哉が前に出てきて、部員たちがい
かに傷ついてるか、しゃべった。

「みなさん、事件について、なんでもいいです。意見を言ってください」

シーンと静まり返っている。

「あの、言っていいですか?」

清夏がそう言うなり立ち上がった。

「ど、どうぞ」

藤本が、その勢いに驚いてる。

「オカルト研究部です。わたしたちは、ある結論に達しました」

みんなが、まばたきさえストップして、清夏に見入っている。

「十月七日、隕石《いんせき》がこの校舎に落下します」

「えっ?」

ホワイトボードに意見を書こうとしていた書記の金城幹太《かんた》が、ひな鳥みたいに口を開けて、ぺ

ンを床に落とした。

「あれは、宇宙人からのメッセージに違いありません。前の日の十月六日、金星と火星が接近します。そのパワーもあって、地球の近くを飛んでいる彗星《すいせい》の軌道がずれて、隕石が、もしかして彗星そのものが、ここに落ちてくるかもしれないんです」

ぷぷぷーっ、とふきだす声があちこちから聞こえた。

「彗星が落ちるって、アニメ映画にあったよね？」

「あいつら、頭おかしーわ」

「おーい、理科部の金城部長。天文学的には合ってんのかよ」

書道部の入江豪《いりえごう》が、教壇の横にいる金城に呼びかける。金城は、ぱちぱちとまばたきをくりかえして、うつむいた。

「え、いや、オレは理科部って言っても、天文は全然知らないから……」

藤本賢哉が何か言いかけたけど、わたしのほうが早かった。自分でも意識しないうちに立ち上がって、机をバンとたたいてたの。

「じゃあ、みなさんは理由がわかるんですか？　ジオラマが赤く血塗られていた理由は？　あと、ジオラマの下に、金色の星のビーズが落ちていました。不思議じゃないですか？　部員たちは現場を調べて、一生懸命話し合って、こういう結論を出したんです。ひとつの案です。想像です。みんなも想像して、正しい答えに近づけたらいいと思いませんか？　黙って笑ってるだけで、答えを見つけられると思うの？」

どんどん早口になってしまう。これ以上しゃべると泣き声に変わりそうで、わたしは急いで着席した。

机の下で、清夏がぎゅっと手をにぎってくれた。少しだけホッとした。だって、座ると同時に、激しく後悔し始めてたんだもの。

あーあ、キレちゃった。バカにされてるのに、さらにバカにされる要素を作っちゃった。「今日の部長会議でさぁ」と、あっちこっちで笑われそう。

藤本賢哉がきっととどめを刺してくるよ。わたしは覚悟して、目をつぶった。藤本の声がひびく。

「ありがとう」

えっ？　思わず顔を上げた。

「オカルト研究部が真剣に考えてくれてるの、伝わってきた。犯人捜しっていう、悪い方向でばっかりオレは考えてたけど、誰かからの善意のメッセージっていう考え方はとてもいいと思った。正解はわかんないけど、とにかく文化祭に向かって、前に進んでいかなきゃなって思った。

ありがとう」

ありがとうって、二回も言われた。あの藤本賢哉に。信じられない。

「藤本って意外と素直なところ、あるんだね」

清夏がささやいてきた。

本当だね、清夏。ちょっとだけ、藤本を見直しちゃった。

園芸部部長、すねる

部長会議で、わたしはいつも「内職」してます。一応、部長会長たちの会話は聞くふりしてるんですが、理解してなくてもＯＫなの。だって、このメンバーで会議をやるようになって、もうすぐ一年になるけど、一度も発言を求められたことないもの。ごく限られた方たちが、会議を仕切っております。

特に部長会長の桂木《かつらぎ》史帆《しほ》ちゃん。ほんと、この人はセレブです。美人だし頭いいし、華道部だしね。わたしだけかもしれないけど、園芸部にいると、華道部にコンプレックスを持っちゃう。だって、こっちは種や苗を買う安上がりな部活だけれど、向こうは咲き乱れるお花を使って部活をするのでお金がかかる。つまりお嬢様たちの集団なんです。

史帆ちゃんのことを考えると落ち込みたくなるので、気分を変えます。今日はどんな「内職」

をしていたかっていうと、英単語の暗記。明日の朝、ミニテストがあるから。

英語の勉強って、家ではなかなかやる気にならないんだけど、こういう「本当はやっちゃいけない時間」に勉強すると、逆に楽しい気がしちゃうのが、人間の不条理。部長会議が終わった瞬間、英単語に興味を失ってしまう自分が悲しいですよ……。

今、会議で何が議題かというと——。

文化祭のときに、どの部がどの教室を使うか、確認作業中みたい。どうせわたしたち園芸部は、教室なんて必要ない。中庭の中央の大花壇のほか、いくつかのプランターをきれいに寄せ植えするのが、例年のイベントなんだけど、今年は美術部の装飾の都合で、中央の大花壇《かだん》に布をかぶせちゃって、見えないようにするっていうし。もうすっかりやる気ゼロですよ。

文化祭の確認作業が終わって、次は「ジオラマ事件」の続きが始まった模様。美術部部長の藤《ふじ》本《もと》くんがしゃべってます。あのとがった口調、苦手。

英単語の続きをやることにします。「*discuss*」は「話し合う」。ディスカッションって日本語でも言うものね。そこから連想すれば覚えられそう。

そんなふうに上《うわ》の空《そら》だったから、突然、誰かがバンと机をたたいたとき、驚きのあまり体が二、三センチ椅子《いす》から離れて、飛びあがっちゃった。

オカルト研究部の部長の相楽《さがら》さんが、キレてるではないですか。

「黙って笑ってるだけで、答えを見つけられると思うの？」

何？　どういう経緯でこうなった？　周りの人に聞きたいけど、それ言うと「内職」してたのがバレちゃう。

相楽さんが何について怒ったかはわかりませんが、言ったことは正論だったみたい。藤本くんがお礼を言ってるんだもの。あのとがった口調が、いつになくやわらかくなってます。

目がカラカラに乾いて痛い。なんでだろうと思ったら、わたし、まばたきを忘れてしまってたんですね。それくらいびっくりしたのでした。

相楽さんに置いてけぼりにされてしまった気持ち……。

今まではわたしと相楽さんって、似てると思ってたんですよ、詠章学園《えいしょうがくえん》中学校の格差社会の中で、下から上をひっそり見上げている、そういうポジションだ、と。

まあ、わたしにくらべると相楽さんは、見た目はかわいいですけどね。でも、オカルト研究部に入っているのは、マイナスでしょ。特に、男子に引かれているのを知ってますから。

どの学校にも階層ってあるんでしょうけど、うちの中学の場合はだいたい上中下の三つのランクかなと思ってます。誰が「上」で誰が「下」か、わたし、判断基準をこっそり作ったんですよ。

「上」は、風邪で学校を休んだとき、たった一日で「どうしたのかな」ってみんなに心配してもらえる子。

「中」は、三日くらいたって「どうしたんだろう、心配だね」って言ってもらえる子。

「下」は、一週間休んでても、とりたてて心配してもらえない子。

わたしは完全に「下」。で、相楽さんもそうじゃないかと思ったんです。

でも違った。彼女は堂々と意見を言って、上の人（美術部部長とか華道部部長）に受け入れられていた……。

絶対言えないですもん、わたし。藤本くんに対して、「中央花壇を布で覆《おお》う装飾なんて、ふざけんな」って心のなかでは思いますよ。でも、声に出して言うなんてムリ。

こないだ、美術部三年の森下花火《もりしたはなび》ちゃんに朝会ったから、ちょっとグチを言ったんです。でもそれは、彼女がわたしと同じ下の階層の人だと思ってるから。そこに藤本くんが急に現れたので、まずい！とあせって、逃げました。

こんな人が部長って、園芸部の後輩たちもかわいそうよね。我《われ》ながら。

ようやく部長会議が終わりました。今日は部活のない日ですが、校庭の物置小屋に直行することにしました。ここにじょうろが置いてあるんです。花の水やりは当番で毎日やるので、誰かは必ずいるはず……。

木戸を開けると、同じ三年の小池義信《こいけよしのぶ》が壁にはりついて固まってました。

「どうしたの？」

「やべーことしちゃったよ、オレ」

「どうしたの？　まあ落ち着こう」

わたしは義信をそうなだめました。うちの園芸部の三年男子です。副部長をやってくれています。手の甲に血管が何本も浮き出るほど細身で、わたしよりも身長が十センチ低くて、いまいちバランスの悪いふたり。でも、意外と気が合ってるんです。

園芸部って一年生が一番少なくて三人、二年生が五人、三年生が八人います。上級生になるほど人数が多いのには理由があるんです。運動部はハードだからと退部した人たちが「まあ園芸部あたり入っておくか」と移ってくるから。

まあ、表向きは歓迎してます。部員が少数になってしまうよりは、そういう人たちでもいたほうがマシでしょ。けど、みんなもともと植物なんてちっとも興味ないから、花の名前も覚えようとしないし、ときには水やりもサボってさっさと帰宅しちゃうんですよ。

そのなかにあって、義信は一年生のときからの真面目な部員。昆虫も好きで、理科部と園芸部を掛け持ちしています。もうひとり、田添沙映《たぞえさえ》という女子がいて、わたし含めこの三人だけが、本当に園芸が好きな三年生。

ただ義信は、花と虫とどっちがより好きか迫られると、虫のほうが好きみたい。だから、薔薇《ばら》マニアの沙映が大切に育てている鉢《はち》に、ハバチという小さなハチの幼虫が大量発生すると、駆除《くじょ》できずに「こ、殺せない……オレにはできない！」って叫んでます。さっさと殺せよ。物騒《ぶっそう》なことを心のなかで思うわたしであります。

で、今、義信はハバチの幼虫のとき以上にパニック状態の様子です。

「やべえ、やべえ。知らなかったんだよ。気づかなかったし」

「何があったの？」

そうたずねると、義信は黙ったまま半透明のポリ袋を差し出しました。中には、ぐしゃっとつぶれた小さな粘土のかけらみたいなものがいくつも入っています。

「何これ」

「アレじゃないのかな？」

「アレって？」

「『ジオラマ事件』だよ」

「え？」

「なくなった立体像って、これじゃねーの？」

わたしは袋をつかんで、中身をまじまじと見ました。え、うそだ。でも、もしかして……。

かけらのうちの一つが約三センチ。よく見ると顔があって、足があって、立体像っぽいです。

ただし両手がもげてしまっているんですが……。

「なんで、手がないの？」

「オレが踏んだ」

くーっ、と義信はうなります。

「踏みつぶしちまった。木戸開けたとき、足元なんていちいち見ねーから、踏んじまったんだよ。クニャッって変な感触があって」

「じゃあ、誰かがこれをわざと、踏むような位置に置いたってこと？」

全然聞いてない義信。鼻にしわを寄せて、うなり声を上げています。

「だー、絶対やべえよ。人間を踏んで粉々にしちまったよ」

実は義信って、めちゃめちゃネガティブなんです。義信に言わせると、わたしのほうがネガティブらしいんだけど。

「呪《のろ》いが来そうだ。森下花火って呪いの術、使えそうだもんな。ぐえぇ……」

ここまでパニックだと、逆に周りの人間は落ち着いてしまうんですよね。

「ねえ、どこで見つけたの？」

「木戸の横。入ってきて、ドアを閉めようとして足を一歩右にずらしたんだ。そのときに、グニャリと」

「義信のせいじゃないよ」

「え？」

「だって、昨日《きのう》はなかったはず」

「そ、そうだよな？」

「てことは、今日誰かがここに置いたんだって」

「誰かって？」

「真犯人だよ！」

「そっか。まさか園芸部に犯人がいたとはな」

「園芸部とは限らないんじゃない？」

「どういうこと？」

「誰かが木戸を開けて、置いたってこと。ほら、ここ、いちいちカギをかけないもん」

じょうろや竹ぼうきをわざわざ盗む人はいないだろう、と物置小屋のカギはかけたことがないんです。

「じゃあ、誰か他のやつが」

「そう信じたい」

「なら、これからどうしたらいい？」

そう義信に聞かれて、わたしは即座に答えました。

「もちろん、真犯人を捜さなきゃ。まず園芸部のみんなに確認した後で」

「犯人捜し、オレらだけじゃ難しいだろ」

「じゃあ、園芸部全体で？」

「それより、こういうときこそ、部長会だろ？　他の部にも伝えてみんなに協力して捜してもらわなきゃ」

わたしは言えませんでした。でも心のなかで叫びました。

ダメだよ、園芸部の犯行に違いないって、きっと疑われる！

＊

次の日は、週に一度の部活でした。部室の隣の多目的室で、三十分くらいささっと話をして、あとはそれぞれの花壇で作業するんです。でも、今日は昼から雨が降りだしたので、ミーティングだけ。

まずはそれぞれの学年から花壇の状況説明。三年生は沙映ちゃんが、中央花壇の珊瑚花《さんごばな》が咲いたことを話してくれました。あざやかなピンクの花が穂のような形で咲いて、ラブリーなの。

あ、園芸部以外の同級生には、あんまりこういうこと言わないようにしてます。わたしって身長が百七十四センチもあって、大半の男子よりデカくって、「お花がラブリー」なんてセリフが似合うキャラじゃないので……。

ミーティングは続いています。二年生は、職員室と体育館の外にそれぞれ置かれているプランターの担当。真っ赤なダリアがしおれてきている、という報告があり、しばらく半日陰《はんひかげ》に移すようにアドバイスしました。

一年生は、学校の正門を出たところの街路樹の花壇を担当。エゾギクやインパチェンスをうまく寄せ植えしてくれてて、生育状況はいいそうです。

報告をちゃんと聞いてるのは、部員の約半分。残りの子、特に運動部をやめて移ってきた子たちはこっそり「内職」してる。わたしも部長会議で同じことをやってるから、バレてんだよ、おらおら。心のなかでツッコみます。

で、最後に聞きました。

「これに見覚えがある人、いるかな？」

横で、義信くんがポリ袋を見せてくれてます。どうせ、誰も何も反応しないよね、と思っていたら、二年生の安武《やすたけ》くんが手を挙げました。

「昨日の朝、水やりのとき、物置の入り口で見かけました。踏みそうになったんで横にずらしたんだけど」

わ、目撃者が他にもいたとは……。

「ありがとう。じゃあ、おとといの放課後、水やりをした人は？」

一年生の茂木《もぎ》さんが、ちょこっと手を挙げて、小さい声で答えました。

「見てません」

ということは、おとといの水やりの後から、昨日の登校時間の前までに誰かが置いた……？

そのまま終わらせようと思ったけど、安武くんが質問してきました。

「で、その袋がなんなんスかー?」

どう答えたらいい? 考えがまとまらないまま話し始めてしまいました。

「これね、今騒ぎになってるでしょ。ジオラマの上に載ってた、立体像」

「えっ」

「内職」していた人たちまで、パッと顔を上げました。「ジオラマ事件」って、学校中に知れ渡っているから。

「本当は部長会に報告しなきゃいけない。義信くんはそう言うんだけど、わたしは……できない事情があって」

「え、何」

「どうしてですか?」

後輩たちが、椅子《いす》から立ち上がりそうな勢いで聞いてきます。

「ごめん……わたしのせいなんだ」

花火ちゃんにグチなんか言わなければよかった。鼻がぐしゅぐしゅしてきそうです。いえ、泣きませんけど。わたしみたいなデカ女の泣き顔なんて、誰も見たくないですから。

「え、部長が犯人？」

「うそ、なんで！」

後輩たちは、面白がって盛り上がってます。ちゃんと説明しなくっちゃ。

「犯人じゃないですよ。どうせ人相《にんそう》、悪いですけど」

そう言うと、くすっと笑いが起きました。

「実はわたしね、美術部の三年女子に、今年の文化祭の装飾、やり方がおかしい、って文句を言っちゃったんです。それを美術部部長にも聞かれちゃって。だから、ジオラマの立体像が園芸部で見つかったことを伝えたら、園芸部が疑われちゃう。恨みを持ってるからやったんだ、って。園芸部には動機がある！って」

「だったらみんなで行きましょうよ」

そう安武くんが言いだしたので、わたしはびっくりしました。

「え、どういうこと？」

「園芸部が悪者にされるなら、部長ひとりが背負うことないですよ。部員みんなで行って、発見の様子とか、全部説明しましょう。美術部のやり方は、おれら部員もみんなムカついてます。先輩が文句を言ったのは当然です」

「ごめんね……わたしが頼りないばかりに。三年とは思えないよね」

「先輩はやさしすぎるんです。本当は装飾の件も、ちょっと文句言うんじゃなくて、美術部の部長をクビにするくらい、堂々と闘ってほしかったです」

キリッとした顔で、一年の茂木さんが言いきります。そうだよね。やっぱりダメ部長って思ってたよね。

「情けなくてごめん」

「でも、いいんです。先輩のそういうやさしいところが、園芸部の雰囲気、作ってくれてると思うんで」

え、茂木さんたら。みんなも、なんでうなずいてるの。こんなダメな部長なのに、なぜフォローしてくれるの……？　鼻だけじゃなくて目もぐしゅぐしゅしてきたではないですか。

恥ずかしい。泣いてるのに笑っちゃう自分が、とっても恥ずかしい。

＊

そんなわけで、集団でやってきました。部長会幹部のもとへ。

「お……すげー人数だな」

美術部部長の藤本賢哉《けんや》が、気《け》おされているようです。まあ無理もありません。約束通り、園芸部の部員が十五人全員、来てくれたのでした。

週明けの月曜日の放課後、わたしは美術部部長と、部長会長と副会長、三人だけに集まってもらったんです。三対十六。これだけいると、たしかに心強い。それに、ここは多目的室。園芸部のホームグラウンドだし。

おかげでわたしは声をふるわせることなく、話ができました。

「これが、園芸部の物置小屋で見つかったジオラマの一部です」

ポリ袋を見せると、藤本くんが立ち上がって、さっそく袋を開けてチェックし始めます。

「うちらが、美術部に恨みがあってやったんじゃない、ってこと、証明するために部員たちもみんな来てくれて」

「すごい結束力だね」

そう言ったのは藤本くんじゃなくて、部長会長の桂木史帆ちゃんでした。藤本くんは、袋に手を突っ込んで、かけらを取りだすのに夢中みたい。

「これ、オレだ……」

手のひらに載ってるのは、砕《くだ》けた顔と胴体でした。ご、ごめんね……。わたしと義信は顔を見合わせました。

かけらを全部チェックした藤本くんが思いがけないことを言いました。

「花火のが、ない」

「え?」

「この立体像。バラバラだけど、四人分ある。花火のだけが見つからない」

「ビニールの中身は外に一度も出してないし、失《な》くしてないですよー」

わたしは先回りして答えました。

「どう思う?」

藤本くんは、桂木史帆ちゃんと副会長の金城幹太《かねしろかんた》くんに聞きました。

「ど、どうってわかんないよ」

幹太くんが口ごもってます。

「わたしも」

史帆ちゃんも、困っています。藤本くんは、かけらを慎重にビニール袋の中へ戻しながら言いました。

「オレたちは、やっぱり恨まれてるのかな」

「え、園芸部はやってないですよ！」

あわててわたしはくりかえします。

「そうじゃない。園芸部がやったなんて思ってない。ただ、君らは誤解されたくないって思うほど、オレらを事実恨んでるってことなのかな」

え、どう言おう。自分ひとりのことなら、恨んでませんとも！って汗かきながら言うけど、これは下級生たちのこともあるから——。

先に誰かが返事してました。

「恨んでません」

あ……安武くん。

「恨んでないけど、ただ、さびしいんです。美術部が装飾にかける思いと同じくらい、うちの先輩たちも中央花壇にかける思いは強いから」

「なるほど。謝り方が足りなかったな、オレの。ただ、今回は全体を紫からブルーっぽい色に統一したくて、今の花壇の色合いだと合わなすぎるんだ」

それを聞いてハッと気づきました。

「紫の花……いっぱいあるけど?」

わたしがつぶやくと、藤本くんは目を見開いたのです。

「あ、そうなのか?」

「うん、ノボタンや千日紅《せんにちこう》や、ブルーキャッツアイ。秋の紫の花はいっぱいあるよ」

「リンドウやセントポーリア。あとスターチスも、探せば十月に咲く株あるかも!」

そう加勢してきてくれたのは、なんと史帆ちゃんでした。さすが華道部。花の名前にくわしい。

なぜあなたが、わたしのような下々《しもじも》の者のフォローを……。そう思いながらも、また頭に浮かんだ紫の花を、こっちからも投げます。

「ハボタンを置いたら、アクセントになりそう」

うなずいて史帆ちゃんが言います。

「サフランも紫色よね。地味だけど」

「カトレアもありだよね」

ゲームで手持ちのカードを出し合うように、お互い、知ってる花の名前を出し合っていきます。ふたりの顔を交互に見ていた藤本くんが、やがて両手を広げ、会話をストップさせました。

「わかった、わかった。中央花壇の花って、植え替えしないいんだと思ってた。紫色にできるってことなのか？」

「もちろん」

今咲いてる花は、プランターに植え替えて、移動させればいいんです。

「じゃあ、もし花壇を紫色に染めてくれるんなら、装飾に協力してほしい」

藤本くんが言うと、下級生たちが、

「おー、やったね」

と言い合っています。

「よかったね！」

史帆ちゃんも、わたしにハイタッチを求めてきてくれました。うそでしょ？と思いながらも、勢いで手を高く上げちゃった。パチン。

学校は格差社会だって思ってます。全員が平等なんて幻想ですよ。でも「上」も「中」も「下」もなくなってしまう瞬間が、ごくたまに存在するのかもしれません。たった今のように。

華道部部長のひみつ

うらやましい。

そんな言葉が口から出てきそうになって、あわててのみ込む。

わたし、華道部部長の桂木史帆《かつらぎしほ》は、人をうらやましがったりしない。するはずがない。どちらかっていうと、うらやましがられる立場にいることを期待されているのだ。

いつの間にか、そういうキャラ設定になっていて、それを守ろうとしてしまう自分がいる。

だから、園芸部部長の遠江美和子《とおとうみみわこ》さんに向かって「うらやましい」なんて言ってはいけない。

けれど、そう言いたくなる光景だった。園芸部の部員全員が、彼女を守るために、会議に同席することを求めてきた。そして藤本賢哉《ふじもとけんや》くんが圧力に負けて、装飾プランを変更したとき、みんな自分のことのように喜んでいた。

華道部ではあんなことは決してない。「桂木さんに任せておけばだいじょうぶ」とわたしに預けっぱなしだ。今までは信頼されているからだ、と思っていたけれど、違う気がしてきた。ひょっとして、出たがり屋にやらせておこう、という感じなのでは？　出たがりのつもりではないのだけれど……。小学校のときからそうだった。気がついたら学級委員に任命されていた。

遠江さんとは、今まであまり会話を交わしたことはなかった。

いつもネガティブなことばっかり言う変な人、というイメージがあった。中二のときに同じクラスだったのだが、遠足のときに雨が降ったら、「わたしが雨を呼んでしまったんです。雨女ですみません～」って、自分から謝ってた。誰もそんなこと言ってないのに。

だけど、遠江さんの周りにはいつも笑いと、なだめる声と、同意する声があふれていて、楽しそうなのだ。

それに対してわたしは……うそつきだ。人が知らない、別の自分がいる。

多目的室でのミーティングが終わって、わたしは藤本くんと副会長の金城幹太《かねしろかんた》くんと別れて、中庭に来た。中央のレンガ造りの道は、靴《くつ》にはきかえなくても、上履《うわば》きで歩いていいことになっているのだ。

中央花壇《かだん》は、花が咲き乱れていた。少し植えすぎかもしれない。日なたを求めて、這《は》うように茎《くき》を伸ばしている植物もいる。

わたしが習っている小原流《おはらりゅう》という華道は、すっきりとした美しさを数本の花で作り上げる。この花壇と対照的だ。でも、花が好き、という点では、二つの部活はとても似ているのかもしれない。さっき、知っている紫の花を言い合っている瞬間、わたしは罪の意識を忘れて、とても楽しかった。

「あの……桂木さん」

後ろから声が聞こえて、振り返った。遠江さんだ。今まで頭のなかで思っていたことを口に出せばいいのに、結局そっけなく言ってしまった。

「臨時の会議、お疲れさまでした」

「ありがとうございます。桂木さんがいろいろ言ってくれて。だからわたしたち、この花壇を文化祭でやれるようになって。ほんとありがたいです」

「わたしは何も」

たしかに加勢した。でも、あれは罪滅ぼしだ。やってしまったこと、内緒にしていること。あわや、遠江さんたちが「冤罪《えんざい》」をかぶりそうになってしまっていたのだから。

「桂木さんって、なんか同級生って感じがしないんです。まあ、わたしは普段からこういう敬語っぽいしゃべり方なんだけど、桂木さんだと、いつもよりちゃんと先輩に対してっぽく話さないと、って気がしちゃって。変なやつですよね、自分でも思うんだけど」

「うふ……変かも。たしかに」

わたしは首をかしげて、困った表情で笑みを浮かべた。立ち去ろうか、告白しようか。頭のなかで、そればかり考えている。

「ミス・パーフェクトだと思うんです。桂木さんって。なんでも持ってて、完璧で。男子も、桂木さんのこと、あがめてますよ。うちの部活の一年生も、さっき会議の後、『ファンになりそう』って言ってました。わたしも、桂木さんってすごくとっつきにくいと思ってて。完全すぎて。でも、今日をきっかけに、またよかったらたまに会話させてください。わたしなんて、ほんと下々《しもじも》の者で、しゃべっててつまらないでしょうけど……ぜひ」

ぺこっと頭を下げて、遠江さんは元来た道を戻っていく。

待って。そう呼びかけたかった。

下々の者って何？　わたしなんかより、よっぽど人望あるじゃない。お願い。聞いて。あなたが思っているような人じゃないの。

でも告白できなかった。

ジオラマの立体像をポリ袋に突っ込んで、物置小屋に置いたのはわたしだっていうこと——。

あそこが、園芸部の物置だとは知らなかった。誰も使っていないか、もしくは校務員さんが倉庫として何か管理しているのだと思っていた。白い物体の入った袋なんて、たとえ校務員さんが見つけても、気にしないと思っていた……。

*

「桂木さん、主枝《しゅし》の位置が少しバランスよくないわね。こういうふうに挿《さ》したらどうかしら」

西宮《にしみや》先生が手を入れるのを見て、

「すみません」

と、わたしは謝った。

さっきまで微妙なバランスだったピンク色の薔薇《ばら》と、ソケイの葉が、ぴたりといい位置におさまる。

「いいのよ。観水型《かんすいけい》って難しいものね。何度もお稽古《けいこ》しないと」

やさしく言って、西宮先生は次の生徒の花をチェックに向かう。

小原流の講師として週に一度の部活に来てくれる西宮先生は、いつも穏やかだ。でも、わたしはピシリときつく指摘されたような、そんな感覚を味わっていた。

桂木さん、あなた、さっきからずっと上《うわ》の空《そら》ね、と。

一年生は同じ花材《かざい》を使って、もっと基礎的なことをやっている。みんな同時に、レベルの違うことを学べるのが、華道のいいところだ。

その気になれば、在学中にどんどんお免状が取れることもあり、華道部の部室はいつもロッカー不足に陥《おちい》るほど部員が多い。今は一年生が十二人、二年生が十四人、三年生が十人だ。華道のお稽古には水が必要なので、家庭科室を借りて、部活をやっている。

下級生たちがああでもないこうでもないと、主枝を抜いたり客枝《きゃくし》を挿したり、奮闘しているのを、わたしは後ろから見守った。そして、また違うことを考えてしまう。

ジオラマの立体像四体が物置で見つかったという話は、二十四時間たたないうちに学校中へ広まってしまった。告白するタイミングを完全に失った。

あの日……。

九月の最初の月曜日。朝、わたしは週番だったので、七時半過ぎに登校していた。週番は三年生が交替で受け持っている。

週番が忙しいのは朝と放課後。朝は、大講堂や廊下《ろうか》、体育館などの窓を十五分間全開にして空気を入れ替えてから、冷房をつける。

わたしは、大講堂担当だった。次々と開けていって、最後、楽屋に足を踏み入れたときだ。

「えっ」

視界の右端に、赤いものが飛び込んできた。ジオラマだ。

美術部の製作したものだというのはわかっている。先週の金曜日、部長会長の自分と副会長の金城幹太くんのふたりで美術室を訪問したからだ。どういうふうに装飾をやるのか、ジオラマを見つつ一足先に説明してもらった。

万が一、問題があったときに「部長会としては初耳でした」と言うわけにはいかないから。

ジオラマは完成度が高くて、さらに五人の三年生の立体像があちこちに置かれて、準備万端整っていた。

そのときはこんな赤いしるしはなかった。最後に付け足したのだろうか。

近づくにつれてわかった。いや違う。これは美術部のつけたマークではない。いたずらだ。汚されているのだ。

すぐそばにポスターカラーの箱があって、赤色だけが、箱の外に転がっていた。

さらに気づいた。五つあった立体像のうち、一つがなくなっている。セーラー服を着た立体像。そうだ、森下花火《もりしたはなび》さんのものが、ない。

直感で、わたしは悟《さと》った。

これはいじめだ。

森下さんとは一年生のときに同じクラスだったけれど、あまりしゃべった覚えがない。彼女は目立たなかった。

肌の色が濃いので「地黒」というあだ名をつけられていた。もう少し笑ったり驚いたり、表情的だったらいいのに、いつもぼうっと無表情だった。常にひとりぼっち。

だからって、こんな意地悪は卑怯《ひきょう》だ。

とっさの判断だった。わたしは残りの四体をつかんだ。一体だけ消えたというより、五つとも消えたほうが森下さんが傷つかないと思ったのだ。

そばに、文房具店の袋があった。ポスターカラーを入れて運んできた袋のようだ。それを開いて、四体を壊さないように入れて、週番日誌で隠すようにして、週番室へ運んだ。そして棚の上にこっそり置いた。

でも、誰かが棚の上を掃除しようと思いついたら、バレてしまう。もっと安心して置ける場所を探し、わたしは物置に目をつけた。

おととい、全員が下校した後、週番としてあれこれ用事をすませて、みんながいなくなったのを確認して、わたしは袋を物置にそっと置いたのだった。

森下さんへのいじめを未然に阻止するためには仕方がなかった。けれど、冷静になってから、思う。美術部が全力で作ったジオラマの一部を盗んで、隠す――。それは、やっていいことでは決してなかった。

しかも部長会で初めて問題を取り上げた日、わたしは花火さんがいじめに遭《あ》った事実にみんながたどりつかないよう、話をそらそうとした。その結果、三年生に恨みを持つ人がいるのでは、と藤本くんが動揺するようなことを口走ってしまった……。

＊

わたしの隠し事は、立体像だけではない。

水曜日の放課後、小走りしたくなるのをこらえて、下駄箱《げたばこ》へ向かった。

演劇部部長の矢沢摂《やざわせつ》ちゃんが声をかけてくる。

「あ、史帆ちゃん、今日は塾だっけ」
「うん。英語塾」
「じゃあ、また明日ね」
「バイバイ」

みんな、わたしが真面目に勉強していると思ってる。もちろん、それはうそではない。本当に英語塾だ。

けれど、小走りしたくなるほどウキウキしているのは、英語とは関係ない。同じ時間帯にレッスンしている他の四人のうちの一人が、わたしのカレなのだ。同じ中学校の同学年だけれど、クラスは違う。

英語塾には電車に乗っていく。駅から少し離れていることもあって、ばったり同級生と出会ったことはない。

塾に着いた。主に高校生向けの英語塾で、アメリカに留学したいと思っている生徒が通ってくる。わたしは、別にそんな希望は持っていない。ただ、カレがいるから続けているだけ。

始まる前、お手洗いに行って、わたしは髪の毛のゴムをほどく。女の子っぽさをアピールしたくて。半日間、三つ編みにしていた長い髪は、ウエーブ状になって、背中に広がる。

「*OK! Good afternoon, everyone!*」

レッスンをするのは、マーガレット・ランド先生。アメリカのコロラド州から来たそうだ。テキストはあまり使わなくて、会話のレッスン。生徒は録音機を持ってきていて、家に帰って復習をする。わたしも録音しているけれど、聞き直すことはあまりない。

向かい側にいるカレは、とても発音がいい。高校か大学に入ったら、留学したいそうだ。理科部の矢車《やぐるま》昴《すばる》くん。

本当は理科部部長になってほしかった。そうしたら、毎週、部長会でもいっしょになれたから。でも、同じ理科部の金城幹太くんが立候補したから、とあっさり譲ってしまったらしい。昴くんは、そういうところ、本当に執着がなくてドライだ。

「*See you next week, Ms.Land*」

五十分の授業が終わった。

「今日は何飲む?」

昴くんがいつものように、休憩室へ移動する。ここは、レッスンの前や後に、受講生がくつろげるコーナーで、ラックには留学ガイドや英会話の関連テキストがたくさん並んでいる。自動販売機があるので、かわいたのどをうるおすことができるのだ。

「今日はアイスココアにしよっかな」

「じゃあおれも」

ふたりで同じドリンクを飲みながら、ゆったりと過ごす。同級生には決してバレないデート。でも、ときどき不安になる。これって、付き合ってるといえるのだろうか。本当に昴くんはわたしのカレなの？　一度も「好き」と言われたことはない。

ただ、エレベーターに乗ったとき、ふたりっきりだと手をギュッとにぎってくれる。そろそろ、手だけじゃなくて、もっと先があるんじゃないかと、わたしはドキドキしている。

同じクラスの女子たちは、想像もしていないと思う。わたしが、そんなことで一喜一憂《いっきいちゆう》しているなんて。前に、誰かに「史帆ちゃんってカレ氏いるの～？」と聞かれたとき、曖昧《あいまい》な返事をしていたら、「史帆ちゃんのカレは、絶対オトナのはず。高校生だよ、きっと。で、休日は海辺のおしゃれな店でデート。中学生なんて相手にしないよね」と勝手に妄想《もうそう》を繰り広げられた。

ううん、相手は同い年《おないどし》で、デートは塾の休憩室で、本当の恋かわからなくて悩んでいる……。

「ねえ、相談があるんだ」

わたしがそう切り出すと、昴くんは少しずれたメガネを指で押しながら、こちらへ顔を向けた。切れ長の鋭い目も、首元の小さなホクロも、みんな好き。

「何？」

いざとなると言えなかった。

本当は、立体像四体を物置小屋に隠したのは自分だと告白しようと思っていた。でも、嫌われたらどうしよう、と、恐れる気持ちがふくらんでいく。

ジオラマを赤く染めた犯人。その人を自力で見つけ出そうと思いついた。

「森下花火ちゃんのこと。昴くん、同じクラスでしょ？」

「ああ、うん」

「花火ちゃんをいじめる人、心当たりある？」

「えっ？　いじめられてんの？」

首をかしげて、昴くんは続ける。

「そんなふうに見えないけどな。みんなに一目置《いちもく》かれてるからなぁ」

「え、そうなの？」

「こないだ担任の藤村《ふじむら》先生のサプライズバースデーやったんだ。教室に入った瞬間、驚かせようとして。そのときも、教室の飾りつけのデザインは花火にやってもらったし」

「そう……なんだ」

「ジオラマ事件つながり？」

「うん」

「才能がありすぎて妬《ねた》まれてんのかなぁ。本人に直接聞いてみれば？」

なんという無茶《むちゃ》な提案だろう。

もしも他の人が言ったなら、わたしは聞かなかったふりをしたと思う。だって、自分は森下さんが知らない立体像の真実を知っているのだ。素知らぬふりで近づくなんて失礼だし……第一、怖い。

それでも、昴くんに嫌われるほうが、もっともっと怖い。相談して、せっかくアドバイスをもらったのに、実行しなかったら「なんで？」と思われるだろうから。

英語塾を出て、同じ電車に乗って、途中で昴くんとさよならして、家へ帰ってきた。

「あ！」

なんと桂木耳鼻咽喉科《じびいんこうか》クリニックから、森下さんが出てきたのだ。うちは、三階建てで、一階がクリニック、二階と三階が家なのだった。

森下さんは、そのまま隣の薬局へ入って行こうとしている。気がつかない様子なので、

「ねえ、森下さん」

大きめの声でわたしは呼びかけた。

「あ……桂木さん」

森下さんは立ち止まった。

「今、病院の帰り？」

彼女はうなずいた。それから、

「そっか」

と口に手を当てた。

「桂木クリニックって、桂木さんのおうちなんだ」

「うん」

「もう二年も通ってるのに、気づかなかった」

「長く通ってるんだね」

そう言うと、森下さんはうなずいた。

「低い音が聴こえにくくて。女の人の声より、男の人の声のほうが苦手」

「突発性低音難聴？」

お父さんが耳鼻科医だと、娘のわたしもいつの間にか病名にくわしくなる。けれど、森下さんは首を振った。

「違うみたい。けど、とにかく鼓膜《こまく》のマッサージとかお薬もらったりとか」

森下さんが薬局を指さすので、わたしはたずねた。

「相談があるんだけど、いいかな」

ふたりでいっしょに入って、薬剤師さんが処方箋《しょほうせん》に合わせて薬を準備する間、並んでソファに座った。

「実はね、部長会で今こっそり美術部のジオラマのことを調べてて」

「ああ、うん」

「森下さん、もしかしてあのジオラマ以外に、何か嫌がらせに遭ったり、変なことされたりしてないかな？」

そう言いながらも、わたしは期待していなかった。森下さんはとにかく無口な人だし。けれど予想に反して、森下さんはしゃべりだした。

「嫌がらせはないけど……変なことは……あったよ」

「え！　何があったの？」

「下駄箱。あとね、ロッカー」

「え？　何か入れられたとか」

森下さんが首を振る。

「名前のシールが、デコられてた」

「デコレーション？　どんなふうに」

「金色の星がね、名前の周りにいっぱい、くっついてて」

「金の星？」

頭のなかで、そのキーワードがチカチカ光る。そうだ、オカルト部の子たちが部長会議のときに発言していた。床にビーズくらいの大きさの星がいくつも落ちていた、と。もしかして、それと同じものではないか？

「もっと早く教えてくれたらよかったのに」

言い方が強かったみたいで、森下さんは首をすくめた。

「ごめんなさい」

「あ、別にそういうつもりじゃなくて。他には、なんか変なことは？」

「押し花」

「え？」

「ロッカーの扉に、小さな押し花が貼られてて」

「え？」

「しおりみたいなサイズの」

「え、よくわかんない。それって、全部同じ人のしわざなのかな」

森下さんは首をかしげてから、うっすらほほ笑んで、付け足した。

「もしかして、うん」

「え、つまり……」

わたしは軽い目まいを起こしていた。天井の蛍光灯がパチパチと点滅しているように、自分の視界が光ったり暗くなったりする。

ひょっとして、今までまるでカン違いしていたのかもしれない。

「森下花火さーん」

薬剤師さんに呼ばれて、森下さんが薬を取りに行く。その間、わたしは頭を両手で押さえて、目まいは気のせいだ気のせいだと言い聞かせていた。

無事に立ち上がれたので、森下さんといっしょに薬局を出た。そのまま駅のほうへ向かう。

「おうち、帰らなくていいの？」

森下さんが心配してくれている。

「そこの角まで」

そう言ってから、たずねた。

「森下さんにそのいたずらをしてる人って、誰だかわかってるの？」

「ううん」

「わからないけど……その人は、森下さんを好きな人なんだね？」

＊

あくびが出てきそうになって、懸命にかみ殺した。わたしは、人前であくびを絶対にしたくない。口を中途半端に開けて、油断した状態を見せるのは、とてもみっともない気がするのだ。

それでも、またあくびは容赦《ようしゃ》なく出てきそうになる。昨日《きのう》、ほとんど眠れなかったのだ。

森下さんとしゃべったときのことが、何度も何度も頭に浮かんでくる。

「わからないけど……その人は、森下さんを好きな人なんだね？」

そう質問したら、森下さんは否定するどころか、

「え、やだ……」

と照れていた。日が暮れて、あたりはすっかり暗くて、彼女の顔色はよくわからない。でも、ほっぺたが熱くなっているようで、しきりと手であおいでいる。

「じゃあジオラマをあんなことした相手も、森下さんは想像ついてるの？」

「もしかして、あの人かな、っていうのはある」

一瞬、周囲の音がすべて聞こえなくなった。ジオラマ事件。思っていたのとまるで違ったのかもしれない。

「言ってくれたらよかったのに」

「え」

「部長会では大騒ぎで、美術部の藤本くんだって本当に悩んでて。みんな、森下さんのこと心配してたのに」

森下さんの背中が丸くなっていく。

「藤本くんには少し言ったんだけど」

「え、そうなの？　誰がやったのか、ってことも？」

「それは……言ってない」

「どうして？」

「わたしが想像してるだけ……。全然違うかもしれないし」

「あ、そっか」

気がついたら、もう駅前だった。

「ごめんね。きつい言い方して」

「え」

「森下さんはなんにも悪くないよ」

そう言ったのに、森下さんは謝るように頭を下げて、駅舎に入っていった。

その日の晩ご飯の味とか、宿題の内容とか、テレビでやっていたこととか、どれも曖昧《あいまい》でよく覚えていない。

わたしは、客観的にものを見る力があると思っていた。

けれど、違った。

森下さんのことをいじめられっ子だと、頭から決めつけていた。もし、もっときれいな子や人気者だったら、「片想いの男子がやったんじゃない？」と推理したかもしれない。けれど、森下さんの場合はありえない。無意識にそう判断してしまっていたのだ。

今まで自分が正しいと思って決めてきたことが、崩れていく気がする。

たとえば先日、来年の華道部をまとめる新部長を指名した。十四人もいる二年生の部員のなかで、誰を選んだらいいか、この半年ずっと観察していて、足立《あだち》さんがいいと思って、指名した。足立さんはうれしそうにしていたし、周りの二年生も笑顔だったから、的《まと》を射た判断だったと思っていた。

でも、もしかして、立候補したい子がいたかもしれない。その子がうまく取りまとめたかもしれない。たくさんの部員を仕切るには、あの子じゃないとダメ、と考えたのは思いこみだったのかも……。

昴くんとのことまで、心配になってきた。やっぱりわたしたちは付き合っていないのではないか。欧米では、握手したりハグしたり、そんなのは日常茶飯事。エレベーターの中で手をにぎったのも、昴くんにとってはその程度の意味合いしかなかったのではないか？

そんなことをぐるぐる考えているうち、朝になってしまったのだった。

「ねえ、昼休みに臨時トップ会議やりたいんだけど、いいかな」

登校するなり、わたしは三年四組へ行って、金城幹太くんに声をかけた。

トップ会議というのは、部長会の会長と副会長のふたりでやるものだ。美術部部長も呼ぼうと思っている。

「え、いいけど。昼休みにやるなら、オレの弁当、カレーだからカレーくさくなるけどいい？」

金城くんはいつもおどけていて、そんなことを言う。

「おでんくさくてもギョーザくさくてもかまわないよ」

「で、議題は？」

「ジオラマ事件のこと。新事実と、あと……わたしだけが知ってることもあって、それを話そうと思ってる。美術部部長にも」

「新事実？」

「あのね、森下花火ちゃん、いじめに遭っていたわけじゃなくて、悪気のないいたずらかもしれないんだって」

息継ぎをして一気に続けた。

「あとね、実はジオラマ四体を隠してたのはわたしなの。ほんとごめんなさい。その理由もあって、ちゃんと説明したくて」

金城くんの顔から表情が消えた。何もしゃべってくれない。

ああ、嫌われたんだ、と悟った。

これから同様に、みんなに口をきいてもらえなくなるかもしれない。うそつきだと、知れ渡るのだから。

でも、それも堂々と引き受けなきゃ、と覚悟している。桂木史帆は、そんなことで泣いたりしない人だから。

部外者が現れた

視聴覚室って、あんまり入ったことないなぁ。そんなことを思いながら、おれはドアを押し開けた。

「待ってたんだよ、金城《かねしろ》く……あれ？　なんで矢車《やぐるま》くんが」

史帆《しほ》がとまどった顔でこちらを見ている。もうひとり美術部部長の藤本賢哉《ふじもとけんや》がいて、ふたりは並んで座りながら、弁当を開いていた。

史帆は今日も三つ編みポニーテールだ。史帆がショートヘアにしたら、それも似合いそうだよな、とおれは密《ひそ》かに思っている。

「ここ、今日、部長会で使ってるから。なんか取りに来た？」

そう聞いてきたのは藤本だ。おれは首を左右に振った。

「違う、伝言。金城、来ないって」

「え？　わたしが、さっき休み時間に言ったときは来るって――」

「早退したんだ」

「え……」

「ついさっき、昼休み始まったときに、早退した。頭が痛いって。同じ理科部だから伝えてくれって、頼まれて」

「わたしのせいだ……」

史帆は食べるのをやめて、両《りょう》ひじをついて、手で頭を抱えてしまった。

「『わたしのせい』って、何が？」

おれがたずねると、史帆はハッと顔を上げた。

「えっと……矢車くんはいいよ。部長会のメンバーじゃないし」

「じゃあ」

歩き出しかけたとき、藤本がおれを呼び止めてきた。

「あのさ、矢車。頭がいい人ってどう思ってんのかな。部長の代理として、ちょっと参加してくれよ」

「は?」

おれは立ち止まった。藤本、口にものを入れたまましゃべらないほうがいいぞ。エビフライのかけらが、こぼれ落ちそうだ。

「『ジオラマ事件』だよ。全然、犯人見つからねーんだ。もう、文化祭に向かって前に進むしかないから、作業はバリバリやってるよ。けど、オレはこのままなし崩しに、曖昧《あいまい》になるのは許せないんだ」

なるほど。ふたりはジオラマ事件について、話していたわけか。

「矢車みたいに頭いいやつは、犯人像、浮かんだりしてねーのかな」

「頭いい」という部分を一応否定するのがマナーかもしれないが、たしかに一学期の期末テストはおれが学年トップだったしな、と思って、そこはスルーすることにした。

「今までどんな説が出てるんだよ」

「森下花火《もりしたはなび》いじめられ説」

「ああ、うん」

史帆がうつむく。藤本が続ける。

「あと、美術部の三年への怨恨《えんこん》説。そのくらいしかないんだよ」

「今の二つの説を裏付けるものは出てきたのかよ」

「何も」

「じゃあ、違うんじゃね？」

「え？」

「だって普通、そういうのがあったら、隠そうとしても漏《も》れ出てくるもんだろ？　捜そうとしても見つからないなら、全然違う理由で、ジオラマはいたずらされたんじゃないのかな」

「なっるほどー」

藤本があごに手を当てて考えている。一方の史帆は、目を見開いてこちらを見ている。

「さすが……矢車くん。鋭い。事実、そうなの」

「どういうことだよ？」

しばらく沈黙してから、史帆は覚悟を決めたように、近くの席を指した。

「座って」

言われた場所に、おれは座った。

「あのね、わたし、重大なことを今まで話してなくて……」

「なんだよ、まさか、桂木《かつらぎ》がジオラマいじったとか？」

藤本が茶化《ちゃか》して、先にひとりでクククッと笑った。おれも合わせて笑おうかと思った。が、その矢先、史帆がうなずいたのだった。

「そうなの。金城くんが早退したのも、わたしの話を聞いて気分悪くなったんだ、きっと」

おれたちは史帆からすべて話を聞いた。森下花火の像が消えていることに気づいて、他の四体を隠したこと、物置小屋に置いたこと——。

史帆は、おれにどう思われるのか、心配しているようで、上目遣《うわめづか》いにときどきこっちを見てきた。

別にいいんじゃねーの。と言ってやりたかった。事情を聴けば、理にかなった行動といえる。事態をこじらせてしまった原因かもしれないが、とっさの判断だし、やむを得なかったのではないか。

でも、おれが口を開くより前に、藤本がプリプリと怒り出した。

「桂木、それはねーよ！　いくら森下をかばうっていってもさ！」

「ごめんね……」

「ごめんですむかよ。最初にオレが報告したときもしらばっくれて。園芸部の遠江《とおとうみ》が、物置小屋で見つけたときも、知らんぷりして、フツーに部長会仕切ってただろ？　それってどうなんだよ。謝るべきだ。まず部長会で。全校生徒にだって報告しないと」

「それって意味あんのか？」

おれは割り込んで、藤本にたずねた。

「へ？」

藤本が目をつりあげる。

「いや、だって、ジオラマを最初に赤く塗《ぬ》ったやつをつかまえたいんだろ？　桂木がやり玉に上がったら、真犯人の思うつぼだろ。学校内の空気的にも、犯人つかまった、みたいな感じになって、終了だよ」

言い返すおれを、史帆がびっくりした顔で見つめている。責められると思っていたのに意外だったようだ。

藤本が舌打ちした。

「そっかー。でも、このまま犯人が見つからなかったら結局――」

「手掛かり、見つけたの」

史帆は、藤本じゃなくこっちを見ながら、訴えかけるように言う。

「昨日《きのう》ね、森下花火さんと話をして。そしたら、森下さんの周りには他にもいたずらが起きてるんだって」

「なんだって？」

おれは、藤本と声をそろえて同じことを言ってしまった。

「でも、森下さんはそれがイヤじゃなくて。もしかして、森下さんを好きな男子が、やったことなのかもって」

おれは藤本と顔を見合わせた。

「相手は誰なんだ？」

藤本が早口でたずねる。史帆もつられて早口になった。

「もしかして、って思い当たる相手はいるみたい。けど、想像が違ってたら悪いから言えないって」

「クッソー、言えよな。全然納得できねーや。あいつに片想いしてるやつ？　えっ？　そんなやつ、いんのかよ」

髪の毛をくしゃくしゃとかきむしる藤本をよそに、おれは史帆に頼んだ。

「ちょっと、ジオラマそのものを見せてくれないか？」

結局、今年は公開されなかったので、おれは間近では見ていないのだ。

「うん。いいよ。大講堂の楽屋にあるの。もう昼休み終わっちゃうから、放課後、案内するね」

「ああ」

史帆が弱々しげな笑みを浮かべる。

「ありがとね。矢車くん」

「いや。別に」

いつも元気でプライド高くて、ちゃんとしている史帆。まったく別のおどおどした史帆を、初めて見た。胸が、自分でもわかるくらいドキドキ高鳴ってくる。なぜだろう、急に。

努《つと》めて明るくおれは答えた。

「弁当食わなきゃ」

おれは足早《あしばや》に視聴覚室を出た。

午後の数学と英語の授業は、教科書の何ページを開いたのかすら、よく覚えていない。先生の声が、ボリュームを下げ過ぎたテレビの音みたいに、弱々しく流れていった。

もっとも別に問題は何もないのだ。三月の終わり、新しい学年の教科書を手に入れた時点で、全教科を予習して、問題もすべて解いてしまっていたから。

上《うわ》の空《そら》のおれが考えていたのは、さっきの胸の高鳴りの件だった。どうしておれは、鼓動をコントロールできなくなったのだろう。

史帆とは、二年生のとき、同じクラスになって、三学期になってお互い「好き」なことを確認した。

三年生になって、別のクラスになったから、遠ざかるかと思っていたら、おれの通う英語塾に史帆が入ってきてくれた。だから同級生に知られず、こっそり毎週会えている。

学校では、おれたちが外で会ってることは内緒にしよう。おれはそう釘《くぎ》をさした。「付き合っている」という言い方を巧妙に避けた。ふたりはそういう関係なんだ、とはっきり認めることをまだ避けたい自分がいた。

おれにとっては「付き合う」ってハードルが高いのだ。同級生に交際を公表しなくちゃいけない。それは「弱みを見せる」ことに通じる気がするから。ケンカしたり仲直りしたり、そういう過程をみんなに見られて、「あのふたり、うまくいってないんだってー」などと、噂《うわさ》されるのはうんざりだ。

それに、もう一つ。

おれの年上のいとこが、去年、中学時代から付き合ってた人と結婚した。そのとき、周りの大人がずいぶん驚いていて、そのことにおれは驚いた。うちの親たちが言うには、「十代の頃の恋愛なんて続かない。いろんな経験を経て、大人になって出会った人と結婚するのが「一般的」なんだそうだ。

だったら、今おれが史帆と付き合ったら、高い確率で別れて、お互い大人になってから出会う別々の相手と結婚するのか？　なら、今ちゃんと付き合わずに、たとえば二十何歳かになって同窓会があったときに、「付き合おう」って言ったほうがいいのか。

それとも、その頃にはそれぞれ違う別の誰かを見つけてしまっているのか？　とすれば、そもそも今付き合うのは、ふたりにとって「ムダ」になってしまうんじゃないか？

いつも恋愛をそうやって分析してきた。けれど、さっきなぜ胸が高鳴ったのかは、うまく説明できない。

おれが自覚しているより、「好き」の感情が強まっているということなのか……？

＊

ホームルームが終わって、おれは大講堂に向かった。史帆は、ステージの脇に立って、待っていた。

「この中なの」

ギィィ、と音を立てながら、史帆はステージ脇のドアを押し開けた。

「ふうん、これか」

ジオラマがあった。縦一メートル、横六十センチくらいだろうか。主に発泡スチロールで作られているから、サイズのわりに軽い。たしかにポスターカラーで赤く塗《ぬ》られた部分がある。

「ん？　これは何？」

おれは、ジオラマの横にあった、小さなガラスの瓶《びん》を指さした。中には金色の物体が入っている。

「ああ、それね、ジオラマの下に落ちていたんだって。オカルト研究部の子たちが気づいて教えてくれたの」

史帆が、瓶をのぞきこむようにして言う。首の細さがいつもよりも目立つ。おれは、また胸がドキドキ鳴りだしたことに気づいて、あわてて目をそらした。

「おれ、この星の形のビーズ、見覚えあるんだけどな」

「え、そうなの？　ロンデルって名前なんだって」

「借りていいかな？　ちょっと確かめたいことがあって」

「あ、えーと……」

「証拠を勝手に持ち出したら、まずいか。でも、犯人がもしかして特定できるかもしれない」

「ええっ、じゃあ、うん、後でわたしに返してもらうか、ここに戻しておいてもらえたら」

「オッケー。ところで、うちの理科部部長って、部長会でどんな感じ？　ちゃんと仕事やってんの？」

「ああ、金城くん？　あの人、面白いよね。いつも笑いを取りに来る。最近少し元気ないかな。夏バテかもって言ってた」

「ふうん。付き合ってるやつとかいるのかな？」

「え！　わかんない。同じ部の昴《すばる》くんのほうが、知ってるんじゃないの？」

「うーん、いや……」

言葉をにごして、おれは楽屋を後にした。

生物室の引き戸を開けると、既《すで》に二年生たちが部活の準備を始めてくれていた。

教室の廊下《ろうか》側に天文班四人、そして窓側には生物班五人と、二つに分かれている。それぞれ別々に、文化祭で発表する資料作りをしているのだ。

金城に、付き合ってる女子がいるのかどうか知らないのは、このせいだった。おれは天文班のリーダーで、金城は生物班のリーダー。二つの班の間の交流はほぼないのだ。

「生物班のほう、今日、部長が欠席なんだけど、問題ないか？」

そう呼びかけると、一年女子の米田彩未《よねだあやみ》が振り返った。

「はーい、模造紙に色を塗《ぬ》る作業やりまーす」

「よろしくな」

天文班のほうも、順調に作業してくれているようだ。文化祭の発表テーマは「二〇一七年の夜空の『天体ショー』」だ。

自分も加わる前に、ちょっと確認したいことがある。おれは、隣の生物準備室に向かった。ここに大きなキャビネットがあって、備品をしまってあるんだ。

ガラス戸を開いて、一番上にある缶を手に取った。中には、金の星形のビーズを入れてあった。去年の文化祭の展示で、模造紙にこれをいっぱい貼りつけたのだ。残りをこの缶に入れていた。大講堂から持ってきたガラス瓶の中身と照らし合わせた。

「やっぱりな」

史帆が「ロンデル」と呼んだビーズと、この缶のビーズ。完全に同じものだった。しかも、缶の中身のほうは、たしか半分ほど残っていたはずなのに、四分の一くらいまで減っていた。

この棚には、理科部の備品を収納している。カギを持っているのは、部長の金城幹太《かんた》と、副部長の自分だけだ。つまり、ロンデルを持ち出して、ジオラマに置いたのは、金城か？　だとしたらそれが意味するものは――？

考えながら、生物室に戻ると、天文班の二年男子、田淵《たぶち》が、

「矢車センパーイ」

と手招きしてきた。

「あ、どうした？」

急いで、そちらに向かった。

「先輩、ここのスペースが余るんですけど、どうしましょう？」

田淵が模造紙に書いてくれていたのは、十月六日の天体ショーの説明だった。「文化祭の前夜、火星と金星が限りなく近づきますよ。ただし実際には約1・5億キロ離れてます」という説明の下に、白い空白がある。

「じゃあ、イラストでも描けるか？」

そうたずねると、田淵は頭をぽりぽりかいた。

「いや、おれ、絵はヘタなんすよね」

その瞬間ひらめいた。

「じゃあ、美術部に助っ人《すけと》を頼もう。ちょっと行ってくる」

「え、ホントすか？　お願いします」

頭のなかに浮かんだのは、森下花火だった。

おれは美術室のドアから、そっと中をのぞいた。床一面、紫色だった。文化祭のとき、階段に貼る紙をみんなで手分けして塗っているらしい。

二メートルほどの距離のところに、森下花火がいたので、おれは身を乗り出して呼びかけた。

「あの……森下」

「あ、はい」

花火とは同じクラスだけれど、ほとんど話したことはない。

廊下に出てきた花火は、右腕のひじのあたりに、紫色の絵の具をつけていた。でも、気にしていないらしい。

おれは頼んだ。

「理科部の展示物にちょっとだけイラスト描いてもらえないかな」

「え？」

「理科部の手伝いを頼みたくて」

「理科部……」

「あ、そっちも忙しいだろうから、今度、いつでもいいんだけど」

「ううん。すぐ行く。生物室？」

「え、いいの？　うん、そうだけど」

おれが生物室に戻ってから十分後に、花火は現れた。入り口できょろきょろしている。

「あの……えっと、勝手に入っていいのかなって……部長さんの許可……」

「そんなのいらないよ。部長、今日は早退したんだ」

「え」

「早退したんだ、金城は」

「あ、はい……」

「ここに絵を描いてほしいんだけど」

模造紙を見せた。すると、花火はじっと見つめて、文章を音読し始めた。

「文化祭の前夜、火星と金星が限りなく近づきますよ……」

「星のイラストでも何でも、空白を埋めてもらえないかな。惑星の図鑑がここにあるから、よかったら参考に」

返事をせず、花火はだまって図鑑を開き、さっそくペンを取って描き始めた。下書きなしで、迷いなく円を描いている。三十センチ×五十センチのスペースを、花火は埋めていく。

結局、下校時刻の音楽が鳴り始めるまで、花火はカラーペンを駆使して描いていた。二つの惑星が浮かび上がる絵ができあがった。他のスペースにくらべて、あまりにも本格的だ。

「なんだか、すげーっすね。美術部って。この部分だけレベル高すぎ」

田淵が戸惑《とまど》った顔をしている。おれも同意見だった。天文班の装飾全部を、花火に頼みたかったくらいだ。もっともそんなことをしたら、美術部部長の藤本が怒鳴《どな》りこんでくるだろうけど。

家に帰ってから、おれは考えた。晩ご飯を食べている間も風呂《ふろ》に入っている間も、ずっと。金城のこと、花火のこと、ロンデルのこと。史帆が安心できるような答えを出さなければいけないけれど、自分の頭のなかで考えていることは想像に過ぎない。

ついに行動を起こすことにした。とにかく金城に電話してみよう。

理科部は緊急連絡先をリストにして配布しているので、番号はわかる。三コール目に声が聞こえてきた。

「もしもし」

「あ、理科部の矢車だけど」

おれが言うと、一瞬、間があいた。

「え、どうしたの」

「頭が痛いっていうの、だいじょうぶかと思ってさ」

「ああ、うん、もう平気」

「部長会議に行ってきたよ。おまえが欠席するって伝えに」

「ありがとう」

「そしたら、美術部の森下花火のことを、好きな男子がいるかもしれないって話題になってさ」

「え……？　なんで急にそんな話」

「それは誰だろうって」

「誰……なのかな」

「それとは別にさ。今日、天文班でイラストが必要だったから、森下花火に頼みに行った」

「えっ」

「彼女、すぐに来てくれて、火星と金星の絵を描いてくれたんだ」

「火星と金星……」

「すげーかっこいい惑星の絵でさ」

「そうなんだ……」

「やっぱり才能あるなぁ、あの子」

「あのさ……なんで、花火ちゃんに頼みに行ったわけ？」

「それとは別にさ」

「う、話題変わりすぎ……」

「ロンデル。おれら天文班が去年使った、星形のビーズのパーツ」

返事はない。

「それが、例のジオラマにばらまかれていたらしくてさ。で、見覚えがあると思って確認したら、おれら天文班の備品のロンデルが減ってたことに気づいたんだよ」

電話の向こうは完全な沈黙だ。

「それとは別にさ。おれら理科部って、一体感ないだろ？ 去年までは生物部と天文部と別々だったのを、合併することになっちゃったからしょうがないんだけどさ。だから、おまえが誰が好きとか、おまえのことを誰が好きとか、おれ、よく知らないなぁと思って」

ふう、と息を吐く音が受話器の向こうから聞こえる。

おれはズバリと問題を突《つ》いた。

「おまえって、森下花火が好きで、ジオラマにいたずらしたの?」

理科部部長、恋を語る

ゲームの真っ最中だったのだけれど、オレは電源をオフにした。そして携帯電話をにぎり直した。

おまえって、森下花火《もりしたはなび》が好きで、ジオラマにいたずらしたの？

直球の質問を投げ込んできたきり、矢車《やぐるま》は沈黙している。

ふーっとオレは深呼吸した。

「うん、そうなんだ」

「潔《いさぎよ》いな、金城《かねしろ》は」

「いろいろ弁解してもさ。いまさら」

「よかったら弁解、聞くぜ？　一応、おんなじ部活の部員同士だしさ」

矢車から、こんな言葉が出てきたことに驚いた。もっと冷たく「やっぱりな」と言われると思ったのに。

「でも、矢車は、人の恋バナ聞くってタイプじゃないだろ?」

ふっと、笑いが聞こえてきた。

「おれって恋愛と無縁に見える?」

「だって……」

いつもクールで、隙《すき》がなくて、女子たちもとっつきにくそうにしている。

「ちゃんと付き合ってもいいかなって思ってる女子、おれもいるんだ」

「え、ええ?」

誰だよ誰、と言いそうになって口をつぐんだ。人を尋問《じんもん》している場合じゃない。逆だ。オレが先に話さなくてはいけないのだ。

「あのさ……。六月のことなんだ」

「うん」

オレは携帯電話を耳に当てたまま、立ち上がって部屋を歩き回り始めた。

「生物班が、学校の裏側の丘へ昆虫採集しに行った日があったろ?」

「ああ、天文班は生物室でビッグバンの映像を見てた日だな」

「そうそう。オレは、奥の斜面に行った。ハアザミがあたり一面生えててさ。その斜面の先に、花火ちゃんが座って、スケッチしていた。何描いてんだろ。そう思って後ろから近づいたんだ。そしたらびっくりした。ヤマトタマムシって知ってる?」

「ああ。光沢のある緑色で、背中の模様が虹色《にじいろ》に光るやつだろ?」

「そうそう。花火ちゃんが描いていたのは、実際のヤマトタマムシよりももっとカラフルで、地上じゃなくて天国にいるような虫に思えたんだ。次の日から学校で見かけると、いつでも彼女を目で追うようになっちゃって」

「なるほど。じゃあ、普通に告白すればよかったんじゃないのか?」

矢車らしく、鋭いところを突《つ》いてくる。オレは答えた。

「最初はそのつもりで、花火ちゃんの情報を集めたんだ。そうしたら、手ごわい相手だってことがわかってきて」

「手ごわい?」

「意外にも、うちのオヤジが知ってたんだ。花火ちゃんのお母さんのこと」

「へえ。知り合いか」

「オレのオヤジは美術大学出身なんだけど、花火ママは同じ大学の同級生で、在学中から賞をいっぱい取った有名人だったんだって。今は日本画家として活躍してるんだ」

「森下花火の絵がうまいのは、そういうベースがあったからか」

「それだけじゃない。美術の先生に聞いたんだけど、花火ママのお父さん、つまり花火ちゃんのじいちゃんも画家で、その人は若い頃、ゴーギャンっていう有名な画家にあこがれた」

「美術の歴史に出てたな」

「そうそう。ゴーギャンは、タヒチって国にしばらく住んで、情熱的な絵を描いた天才画家だよ。あこがれが高まりすぎて、じいちゃんは、タヒチを訪れた。で、タヒチ人の女性と恋をして、日本へ連れて帰ってきたんだ。それが、花火ちゃんのおばあちゃん」

「なるほど。森下花火はタヒチのクオーターか。だから少し肌の色が濃くて、エキゾチックな顔立ちなんだな」

「そんな子に、普通の告白って、しづらいだろ？　それでいろいろ考えてるうちに――」

「ジオラマに細工したのも、手の込んだ告白の一部ってわけか」

　さすが矢車は、短い言葉で見事にまとめてくれた。そのとおりなんだ。想定外のことが起きてしまったわけなんだけど。

「これからどうするつもりだよ」

「え」

「おれは部外者だからいいんだよ。美術部の藤本《ふじもと》と関係ないし、全部聞かなかったことにしてもかまわない」

え、マジで。このままシラを切り通していいんスか。そう言いかけて、オレは口をつぐんだ。そういうわけにはいかない。ここまでバレてしまっては。

「話すよ。部長会議で」

「いいのか？　みんなに怒られて、悪者になって、花火とのことも終わるぞ。きっと」

「うん……でも告白っていうか、アプローチの仕方が間違ってた。本当は、みんなが忘れてくれたらいいと思ってたけど、そうはならなくて。だから、ちゃんと話す。矢車が言ってくれたおかげで、背中を押されたよ」

「そうか……」

「あのさ、その部長会議、矢車も出てくれるかな？」

「え。おれ部長じゃないのに」

「矢車には見届ける権利がある。もしかして義務もあるかもしれない」

「義務ねぇ……。わかった。じゃあな」

電話が切れた。それからも、オレはライトのまわりをぐるぐる回るハエのように、部屋の中をぐるぐる歩き回り続けた。

＊

「まもなく臨時部長会議が始まります。文化部の部長のみなさんは、至急、視聴覚室へ集まってください」

放送部が、アナウンスしている。

「ねえねえ、今日って議題、何？」

部長会会長の桂木史帆《かつらぎしほ》さんが、質問してきた。オレは心の中で「シホリン」って呼んでる。そのほうが、フレンドリーな感じがするから。実際はクールビューティーで、話しづらいタイプなんだ。でも、今日はとてもじゃないが「シホリン」なんて呼びかけたい気持ちにはならない。頭の中は、これからの会議のことでいっぱいだ。

「うん、オレ、ちょっと報告したいことがあってさ」

オレが答えると、シホリンは目をしばしば瞬かせた。

「って、言われてもなぁ。できれば会長のわたしには先に伝えといてほしかったんだけど……」

「ごめん。なんていうか、話すのが大変でさ。いっぺんですませたいんだ。こっちの都合で悪い」

「転校するとか？」

シホリンに無駄《むだ》な想像をさせてしまって申し訳ない、と思う。部長会副会長のオレが、会長を差し置いて「臨時部長会議をやります」と招集かけるのは初めてのことだった。しかも文化祭まであと二週間。各部とも忙しくて、本当はこんなふうに放課後、呼びだされたくないに違いない。

それでも、部長たちは全員集まってくれた。そして、矢車も一番後ろの席で、腕組みをして座っている。

「みんな、文化祭前で大変なのに集まってもらってすみません」

オレは謝った。

「そうだよ、マジで」

「さっさと終わらせて」

「つーか、なんの件？」

何人かの声が聞こえる。

「あの、今日は桂木さんじゃなくて、オレが仕切らせてもらいます」

「なんの話？」

誰かがそう聞いてきたので、オレは答えた。

「ジオラマの件です」

ざわめきが教室に広がった。強い視線を感じて目を向けると、窓際の席から美術部の藤本がこちらをじっと見ている。

「あの……お騒がせしてきたジオラマ事件。やったのは……オレなんです」

「はぁぁぁ!?」

誰よりも先に藤本が叫び、立ち上がって、オレのいる教壇まで上がってきた。

「どういうことだよ！」

「森下さんが作った立体像を、持ち帰ったのはオレなんだ」

「な、なんでそんなこと……つーか、なんで今頃言いだすんだよっ！」

胸をドンと突きながら、藤本が言ってくる。オレはよろめいた。

「自分にもわからないことがあって。オレは森下さんの像にハートマークを描こうと思って、そしたらポスターカラーが思ったよりいっぱいついちゃって、それでいったん家へ持って帰ろうと思ったんだ」

「ハートマークって言った？」

「うん、そう言った」

　室内がざわざわして、小さな笑いまで起きている。それに影響されたのか、藤本の言い方が少し弱まった。

「花火の立体像だけか」

「うん。それで、修正液使って、家で白く戻して。いや、元の紙粘土が真っ白じゃないから、継ぎはぎみたいになっちゃったけど、仕方ないやって。月曜の朝、戻しに行ったら、他の部員の像が全部なくなってて」

「なるほど……なるほどなるほど」

　藤本が、妙に何度もうなずき、シホリンに目配せしている。ざわめく声が大きくなっていく。

「ねえ、なんでハートマーク？」

　そうたずねてきたのは、オカルト研究部の相楽《さがら》夢架《ゆめか》さんだった。あどけない表情だが、ビシッと痛いところを突いてくる質問だ。

「つまり……オレは……森下さんのことが気に入ってしまって」

「じゃあ、あれなの？　小学生の頃、男子が好きな子に嫌がらせしたみたいに、金城くんも花火ちゃんに意地悪しようと思ったの？」

「いや……そうじゃなくて……」

そこは誤解されたくない。

「どっちかっていうと逆なんだ」

「逆？」

いつの間にか室内はしんとしていた。みんな、ふたりの会話に聴き入っている。勇気を出せ、オレ。

「森下さんに告白したくって」

「ええーっ」

相楽さんの隣の園芸部部長が、ほっぺたを両手で押さえている。みんなが好き勝手にしゃべり始めたので、オレはかぶせるように言った。

「文化祭で理科部の天文班は、たとえば日食みたいな、今年の天体関係のイベントを紹介することになってて。オレは生物班だから、初めて知ることばかりで。発表内容を教えてもらったとき、ひらめいちゃったんだ……」

本当なら森下花火ちゃんに直接伝えたかったことだ。胸がグキュッと変な痛みを発しているけれど、気づかないふりをして、オレは話し続けた。

「今年の天文イベントのうち、オレがびっくりしたのは、十月六日、つまり文化祭の前日、火星と金星が最接近するっていうやつです」

その先を言うのは、きつい。でも、話すと決めたのは自分だ。

「オレの名字の金城に『金』がついてて、花火ちゃんの名前に『火』がついてて、ふたりが接近する未来を暗示してる気がして。くだらないって思われるかもしれないけど」

藤本が後ろに倒れるようなふりをしながら、そう怒鳴った。

「ほんとだよ。くだらねー」

だよな……。でもオレは続けた。

「ジオラマに金色のビーズ散らして、花火ちゃんの像にハートマークつけて、もしかして花火ちゃんになら伝わるかもって思って……失敗しました」

「あたしたちオカルト研究部の説、けっこう近かったんだ〜」

相楽さんの明るい声がひびく。そう、あのときはギクッとしたよ。

「マジで迷惑なんだよ。それで、どれだけの時間を使ったと思ってんだよ。しかも、同じ部長会にいて、おまえは知らん顔をしてさー」

藤本が、教卓をバンとたたいた。手のひらが赤くなっている。

「これはさー、全校生徒の前でわびてもらったほうがいいよな？」

教壇から藤本がみんなを見渡す。

「そうかなぁ～？」

立ち上がったのは、相楽さんだった。首をかしげて、藤本を見ている。

「藤本って、好きな人いないのぉ？」

「え？」

藤本が一歩後ろに下がり、はずみで教卓に腰をぶつけている。

「女子はうれしいよ。男子がそんなふうに一生懸命考えて、告白してくれるのって」

「え、そういうものなの……か？」

高速で藤本がまばたきしている。オレも思いがけない言葉に、体がフリーズしてしまった。

「わたしからも話すことがあります」

シホリンがオレの前にすっと出て、部長たちを見渡す。

「実は、残りの像を隠したのはわたしなんです。森下さんのだけなくなっているのを見て、もしかしてイジメなのかとカン違いしてしまって、他の人のも隠せば、森下さんは傷つかないんじゃないかと、とっさに」

え、そういう理由で、他の立体像がなくなっていたのか！

「そのことを黙っていて、園芸部のみなさん、ごめんなさい。置き場に困って小屋に置いちゃったの。園芸部が使ってるって知らずに」

オレが謝ったせいで、シホリンまで謝る羽目《はめ》に陥《おちい》っている。どうしたら……いいんだ？

園芸部部長の遠江美和子《とおとうみみわこ》が、おずおずと手を挙げながら立ち上がった。

「あの……わたしみたいなのが部長会で話すなんて場違いなんですけど……。えっと、そんな謝らないでください。桂木さん。善意でやったことなのに。それに金城くんだって、悪気があってやったことじゃなくて、さっき相楽さんが言ったように、わたしも、女子なら喜ぶと思います。要するに！」

急に声が大きくなった。

「ジオラマがちょっといたずらされただけのことを、ジオラマ事件、ジオラマ事件って派手《はで》に騒ぎ立ててる人が違うんじゃないかな、って思うんです」

「オ、オレが悪いのかよ⁉」

藤本が、うなるように声を上げる。

「いや、藤本は悪くない。オレだよ」

そうフォローしたけれど、この後、どうすればいいんだろう？　自分が全校生徒の前で謝るとなると、シホリンまで巻き添えにしてしまうのか？　頭を抱えたくなったときだった。

「オブザーバーの矢車です。理科部の副部長やってます」

一番後ろに座っていた矢車昴《すばる》が立ち上がり、みんなが振り返った。

「結局、全校生徒が知りたかったことってなんだと思いますか？　おそらく『悪意のある人間が校内で破壊行為をやったのではないか』ということです。そうではなく、小さな間違いと善意による行き違いだったと知れば、みんなも安心するはずです。固有名詞やくわしい事情を明かさなくても、『ジオラマ事件』は無事解決して、大きなトラブルではなかった、と部長が各々《おのおの》の部活で報告するだけで終わらせてもいいんじゃないかな？　なぜなら、文化祭は直前に迫っていて、誰もがそこに全力を注ぎたいと思っているからです」

合唱部部長が拍手し始めて、その輪が広がっていく。すげえ、矢車。オレはぼうっとあいつの顔を見ていた。援護射撃をしてもらうために呼んだわけじゃなかった。見届けてもらうためだったのに。

「じゃあ、この会議で聞いた詳細は、部長会のトップシークレットということで、いいですか?」

矢車が完全に仕切っている。

「いいでーす」

みんなが答えた。オレは矢車に部長をやってもらったほうがよかったと思った。天性のリーダーシップ。

「ありがとう。みなさん、お騒がせしてすみませんでした」

オレは、深々と頭を下げた。

*

十月七日は、九月に戻ったのかと思うほど気温が高くて、ぴかぴかの晴天だった。

午前九時の開場と同時に、大勢のお客さんが入場してきた。

午前中は体育館が特に混雑していた。卓球部の二年生に東山《ひがしやま》亜李寿《ありす》という全日本クラスの選手がいるので、練習試合が盛り上がったみたいだ。文化部では、演劇部のお芝居、華道部の活《い》けた作品の展示、それから「UMA」っていう謎の生物を紹介してるオカルト研究部の展示などに行列ができていた。

理科部はそれほどじゃないけれど、それでもちょくちょく誰かが入ってきてくれるのだった。今も、小六の子たちが天文班の展示をながめている。

オレも後ろからのぞいた。花火ちゃんの描いた火星と金星のイラスト。火星は主に赤と茶色のペンを使って塗《ぬ》ってあって、金星はもちろん金色だ。

でも、一つだけ疑問がある。金星の左下のすみっこに、金色のペンで、小さな小さなハートマークが描いてあるんだ。これって、何か意味があるんだろうか。オレが立体像に描こうとしたハートマーク。テレパシーで伝わったんだろうか。そんなはずないか……。ひとりで悶々《もんもん》と考えている。

教室内の客がちょうど誰もいなくなったところで、

「おい、金城」

矢車に後ろから肩をたたかれた。

「なあ、おまえ、結局どうすんの?」

オレは、「何を?」とトボけようかと思ったけれど、やめた。

「花火ちゃんのこと?」

「ああ。余計なお世話だけどさ。部長会のやつらがみんな、詳細を秘密にしたのは、バラしたらおまえの告白がうまくいかなくなるって、気を遣《つか》ってくれてるわけだろ？」

「う、うん……」

まったくそのとおりなんだ。オレは自分の決意を話すことにした。

「今日、夕方四時に美術部が、中央花壇《かだん》のところで集合写真を撮るんだって。その前か後に、花火ちゃんを呼び出そうかと思ってる」

「よし頑張れ。おれも頑張るから」

矢車が笑ったので、たずねた。

「矢車は何を頑張るの？」

「おまえに引っ張られてるのかな。おれもちゃんと告白しようかと思って」

「え、誰に⁉」

「前から気になってた女子」

「くわしく聞きたい。今夜電話していい？　っていうか、するから！」

不思議だ。少し前まで、同じ部活でもほとんど口をきかなかったのに。

午後三時になった。二年生が来たので、展示の案内を交替してもらって廊下《ろうか》に出て、中庭に向かった。

中央花壇から階段まで、中庭全体を埋め尽くす美術部の装飾は見事だ。紫からブルーのグラデーションで、模造紙が、校舎にも階段の段差の部分にも貼り付けられている。下から見上げると、ほんと、夕方の空の中を歩いているような気分になれるんだ。

見とれているうち、ふと背後の声に気づいた。藤本が歩いてくる。後ろからついてきたのは、両親らしい。オレの前を通りながら、お父さんが、

「たしかに、この装飾は、中学生とは思えない立派《りっぱ》なものだと思うぞ」

とほめている。藤本の顔に笑みが浮かんだ。

「ただな、やっぱり父さんは、おまえの美大受験は反対だ。美術大学っていうのは、卓越した才能でもって、プロの画家や彫刻家になれる保証のある人間だけが行くところなんだ」

「そんな……」

藤本の眉《まゆ》がつりあがっている。

どうやら藤本は、美術系の学校に進学したくて、でもお父さんに認めてもらえないみたいだ。

「ジオラマ事件」のせいで、藤本のことがすっかり苦手になっていた。でも、迷惑をかけたのは事実だ。オレにできることがあるかもしれない。

「あの、美大を出た人って、画家や彫刻家になるだけじゃないんですよ」

会話に割り込むと、「ん？」という顔で三人が振り返った。お父さんは、肩幅ががっしりと広いスポーツマンっぽい人で目つきが鋭い。

「うちの親父《おやじ》、美大を出てるんだけど会社員なんです。旅行会社のデザイン室ってとこで、旅行のパンフレット作ってます。美大を出た人って、いろんな仕事してるんですよ」

「へぇ、そうなんだ」

藤本がつぶやいたので、オレはうなずいた。

お父さんはせきばらいをしてから口を開いた。

「あ、そうか……ええっと、君は息子の友達なのかな」

「金城です。藤本くんには、いろいろ世話になってて。オレら三年生のなかでもリーダーシップあるんで」

実際の藤本よりも〝盛って〟おいてあげた。

「サンキューな」

と藤本の小さい声が聞こえた。

オレはお父さんたちにペコリとおじぎをして、先を急ぐことにした。目の前の中央花壇にしゃがんで、花の香りを吸いこんでいる女子が見えたから。

「あの、森下花火ちゃん」

大きな声で呼んだ。花火ちゃんが振り返った。西日を後ろから浴びて、髪の毛が金色に光っている。

何から言おう。ヤマトタマムシの絵が素敵《すてき》だったこと。オレと君は昨日、夜空で最接近したこと――。

でも先に口を開いたのは花火ちゃんだった。うつむいたままつぶやく。

「描かなければよかったかな、って思ってたの……ハートマーク」

やっぱりあれは――⁉

「本当はオレが先に描いたんだよ！」

我《われ》ながら意味不明なことを口走ってしまった。

花火ちゃんは顔を上げた。そして、にこっと笑ってくれた。

バレー部部長
バスケ部部長
卓球部部長

部長会議は終わらない

野球部部長、あわてる

オレ、運動部部長会の会長。

会長っていうひびき、よくない？　なんか偉そうでさ。

うちの中学は、運動部部長会と文化部部長会の二つがあるんだ。

運動部部長会に所属している運動部は六つ。体育館やグラウンドを共有するのに、いろいろ取り決めが必要だから、毎月第三火曜日の昼休みに、六人の部長が集まって会議をやるわけ。それを仕切るのが、会長のオレ、尾神啓輔《おがみけいすけ》。ちなみに野球部の部長なんだ。

今、校舎の二階にある小会議室で、他の五人が到着するのを待ってるところ。はりきって早く来すぎたな。四時間目の授業が終わると同時に、走ってきたんだ。弁当、食ってようっと。

ドアが開いた。

「あ、もう来てる。早いね〜」

現れたのは卓球部部長の小寺優《こでらゆう》。前髪をピンで留《と》めて、おでこ丸出しにしてるんだ。小学生のヘアスタイルみたいなのに、小寺がやるとちょっぴりかわいい。

「これから新入生の入部期間が始まるし、会長、いろいろ忙しくなるよね。ごめんね。任せちゃって」

「いやいやいや、別にどうってことないよ」

半年前、オレたちが二年生のとき、三年生の先輩から引き継いで、このメンバーで新・部長会が発足した。信じがたいことに、他の五人は、ちっとも会長をやりたがらなくて、オレが引き受けたら、感謝の目で見られたんだ。不思議だ。絶対、役職の奪い合いになると思ってたのに。

今は四月。オレたちはあっという間に三年生になってしまった。任期はあと半年。十月の文化祭までなんだ。

続いて、バスケ部部長の滝桐吾《たきとうご》がやってきた。

「あれ、まだ来てないやつがいるのかよ」

と、文句を言っている。こいつは、体でかくてゴツくて、圧力を感じるからちょっと苦手。

残りの三人も間もなくやってきた。

「それじゃ、これから運動部部長会を始めます」

いつもよりやや低い声を意識的に出してみた。三年になったことだし、貫禄《かんろく》ある会長を目指したい。

「今日の議題は、一年生の入部についてです」

先々週、新一年生がこの詠章学園《えいしょうがくえん》中学校に入学してきた。「借りてきたネコ」の集団みたいに、みんなうろうろ、きょろきょろしていたけれど、ようやく学校に慣れてきたみたいで、廊下《ろうか》や校庭で騒いでいるのをよく見かける。

そんなタイミングで、いよいよ今日から部活の見学や仮入部が解禁になるのだ。

「最近、文化部に入部する生徒が増えてきているので、オレたち六つの運動部にもっと来てほしいと思ってます」

六つの運動部っていうのは、野球部、サッカー部、バレーボール部、バスケットボール部、卓球部、和太鼓《わだいこ》部のことだ。和太鼓は、文系の部活に分類する学校も多いらしいけど、第二体育室を使って活動してるから、うちでは運動部扱いなんだよ。

そして、オレは力を込めて、言葉を続けた。

「他の運動部に負けないように、アピールしていきましょう」

意味不明に聞こえるよな。「他の運動部」って。うちは中高一貫校で、やや複雑なシステムなんだ。実は運動部が他にもある。

陸上部、テニス部、剣道部、柔道部、バドミントン部。

これら五つの部活動は、なぜか昔からの伝統で、高校と合同でやるんだ。つまり、陸上部やテニス部に所属するやつらは、授業が終わると高校の敷地にあるグラウンドや体育館まで移動して、先輩といっしょに練習するってこと。

別にライバル関係ってわけじゃないけど、高校の先輩が仕切ってるクラブってきっと楽ちんだよなー、と思ってしまう。ここにいる六つのクラブは、中三が自分たちで運営してるんだ。もっと部員を増やして盛り上げたい！

でも、和太鼓部の阪上明音《さかがみあかね》だけは、ぽよんと丸い顔を下に向けた。

「うちは、今年もほとんど誰も入部しないだろうなぁ……」

聞かなかったことにして、続ける。

「新入生のなかにひとり、足を痛めていて松葉杖《まつばづえ》を使って歩いている男子がいるんだけど、運動部に興味を持ってるらしいです。ケガが治ったら運動できるのかな。とにかくもしその子が来たら、ケガが悪化しないように、見学するとき気をつけてあげてください」

「あ、その子のこと、下駄箱《げたばこ》で今日見かけた」

小寺が言う。オレも昨日《きのう》、中庭ですれ違った。

「じゃあ、オレからの連絡は以上なんだけど、もう一つ、会沢《あいざわ》先生が『重要な相談事がある』っていうから、待ってて」

ちょうどそのとき、

「ごめんね、お待たせ」

先生が入ってきた。会長のオレにも事前に教えてくれなかった重要事項。いったい何なのだろう?

会沢敦子《あつこ》先生は、体育の先生で「施設管理担当」という役をやっている。いろんな色のジャージを持っていて校内ではいつもそれを着ている。今日はエンジ色だ。去年、更衣室の改装をするときも、ここへ来ていろいろ説明してくれた。

今度はどっかの部室の改装かな。

何かプリントを探しているようで、会沢先生はクリアファイルに挟《はさ》まれた分厚い書類をぺらぺらめくっている。オレはうながした。

「先生、重要な相談事があるってことでしたけど、なんですか」

「うーん、言いづらいんだけどねえ」

え？　オレたち部長六人は思わず顔を見合わせた。

「もしかして、下校時刻が早くなるとか？」

バレー部部長の涌井高地《わくいこうち》が、カッコつけて髪をかきあげながらそう聞く。こいつはいつもいつもカッコつけてて、さっきもガラス窓に映る自分の姿をチェックしていた。

「もしかして、近所の住宅から、部活の声がうるさいってクレームが来たんじゃない？」

そう聞いたのは、サッカー部部長の山戸谷《やまとや》モニカ。選手ではなくて実はマネージャーだ。すらっと背が高くてモデルみたいなんだけど、声はちょっとかすれてて、けだるい。

去年、授業参観に来たうちの母は、モニカの声を聞いて、「酒焼けしてるみたいな声ね」と驚いていた。お酒を飲みすぎると、かすれた声になることがあるんだってさ。

「あ、見つかった」

先生は紙を一枚、クリアファイルから引っ張り出した。そして、目を通しながらこう言った。

「あのね。今、卓球部と和太鼓部が使っている第二体育室。あそこの建物、老朽化してきて耐震強度の問題もあるし、解体することになったの」

「はっ⁉」

誰よりも早く反応したのは、小寺だ。さすが卓球部。すごい反射神経で、あのちっこいボールを打ち返すだけある。なんて、余計なことを考えている状況じゃない。

「つまり建て直すってことですか」

オレはそう問いかけた。

うちの学校には二つの体育館がある。第一体育館は、いわゆる普通の体育館。全校生徒の朝礼ができるくらいの広さがあって、部活のときはバスケ部とバレー部が交互に使っている。

第二体育室は、「体育館」っていうほど広くはないので、「体育室」と呼ばれている。天井が低いし、壁が薄いから夏は暑くて冬は寒い。授業ではまったく使わないので、卓球部と和太鼓部だけが出入りする感じだった。

オレたち野球部と、あとサッカー部はグラウンドだから、体育館とは関係ない。

解体してから建て直すまでってどのくらいかかるんだろう。二、三カ月じゃすまないんだろうな。

「そこが微妙でね。建て直すかどうかはわからないの。予算の関係でね」

「え、え、え？　建て直さないかもしれない。ってことは、第二体育室は消滅したままになるってことですか。それって、使ってる部がかわいそうじゃないですか」

とがった声でオレが追及すると、先生は目を伏せた。

「ごめんねー。先生だって、自分が青春時代を過ごしたとこがなくなるの、悲しいんだけどね。これは、学園全体の会議でトップが決めたことだから」

そうだ。会沢先生も、この中高の卒業生なのだった。

小寺は、まだお弁当が三分の一くらい残っていたのに、もう蓋《ふた》を閉じてしまった。食べてる場合じゃない、ってことみたいだ。

「わたしたち卓球部は、毎日第二体育室使ってきて……。練習ができなくなるのは困ります」

「そうだよな。和太鼓部だって困るだろう?」

だんだん腹が立ってきたオレは、ていねい語でちゃんと会議を進めなきゃいけないのをすっかり忘れてしまった。でも、誰もとがめない。

阪上はうつむいた。

「うちもたしかに困るけど、卓球部さんのほうが人数多いし、大変だと思います……」

うーん、相変わらず控えめだな。

「じゃあ、校長先生たちはどう言ってるんです? 卓球部と和太鼓部が今後どうすればいいのかって」

きっと何も考えてないんだろ？　そう思いながら、オレが責め立てると、先生はじっとこっちを見つめた。

「それをこれから考えてほしいの」

「え？」

「第二体育室がなくなる以上、卓球部と和太鼓部は、第一体育館を使うしかないでしょ？　バスケ部とバレー部にうまく譲ってもらって」

「はっ？」

バレー部部長とバスケ部部長が同時に聞き返す。

「バスケ部とバレー部は、体育館が今までほど使えなくなる分、グラウンドで練習するしかないよね。野球部とサッカー部に譲ってもらって」

「はぁぁッ!?」

オレとサッカー部部長が同時に抗議の声を上げた。

うかつだった。

第二体育室が取り壊しになると聞いて、グラウンドを使ってる自分たち野球部には何も関係ないと思ってしまったけれど……めちゃくちゃ関係あるじゃないか！

「体育館とグラウンドを譲り合うって、どういうふうに？　これまでの練習時間より短くなるんですか」

意思とは関係なく早口になってしまう。

「その割り振りを、部長会議でみんなにやってもらいたいと思ってるの」

先生に言われて、モニカがほおづえをついて、ため息をもらす。

「そんなの、先生たちが決めてくれないとムリ〜」

「尾神くんはどう思う？」

突然、先生に指名されて、オレは、

「んう？」

と変な返事をしてしまった。

「部長会議って、こういうときのためにあるんだよね？」

「え、あ……」

そうなのか。オレは毎月、事務的な連絡事項を伝えるだけの会だと思ってたよ！

「去年、文化祭の美術プランをまとめたジオラマに誰かがいたずらした、っていうできごとあったでしょ」

「はい」

「あれも、そのときの文化部部長会議でいろいろ話し合いが行われて、無事解決したんだよ。先生たちはノータッチだったの」

「へえ……」

「今回もね。正直、先生たちの間で割り振っちゃうっていう意見もあったの。でも、わたしはみんなに相談するべきだって、言った。だって、体育館やグラウンドを使うのはみんなだから。何曜日にどの部活が使って、何曜日は何部と何部が共有して、って、自分たちで決めたいでしょ？」

「あ、う、はい」

勢いよく「ハイ！」とは答えられない。たしかに、野球部はこれから何曜日に部活をやってください、と決定事項として伝えられたら腹が立つ。だから、先生がそうやって、オレたちを守ってくれたのはありがたい。

でも……でもだ。どの部活もみんな満足するように、体育館とグラウンドをうまく割り振りするって、難しすぎないか？　それを取りまとめるのが部長会長。うわー、なんでオレ、この役職引き受けちゃったんだ！　去年、他の部長たちがやりたがらなかった状況をいまさら思い出す。

本当にうかつすぎるぜ、オレ。

「でね。第二体育室の閉鎖は、四月末の予定。五月のゴールデンウィーク明けから、新体制で部活ができるようにしてほしいの」

カレンダーを見て、オレは首を左右にぶるぶると振った。

「いやいやいや……」

今日が四月十七日なのだ。あと十日しかないじゃないか。

「普通、こういうのって年度末に決めるもんじゃないですか」

「ほんとはそのはずが、決議が一カ月ずれ込んじゃったの。ごめんね」

そのときだった。阪上明音が、肩をすぼめながら小さく手を挙げているのが目に入った。

「あの、和太鼓部は、第一体育館じゃなくて……どこでもいいんで」

「え?」

「人数も少ないし、活動は週一回だし、音楽室でも視聴覚室でも」

なるほど!

阪上っていつも気弱すぎじゃね?と思っていたけれど、この提案は正直、助かる。だって、和太鼓部が解決したら、あとは卓球部だけだから。

もっとも、この卓球部っていうのが、最大の難敵なんだけど。

「じゃあ、とりあえず卓球部の希望を聞くけど、第一体育館、どのくらい使いたいとかありますか?」

オレは時計を見ながらたずねた。もうすぐ昼休みが終わってしまう。

小寺は、ちらっとバスケ部とバレー部部長のほうを見てから、答えた。

「えっと、今まで第二体育室は、水曜日が和太鼓部で、それ以外は全部卓球部が使ってたから……できれば、ほぼ毎日練習したい……です」

ふぅ、と誰かが大きく息を吐いた。

勝手なこと言ってんじゃねーよ、という悪態をのみ込んだのだと思う。卓球部にだけは、それを言えない事情があるから。なんでかって、卓球部はうちの学校で唯一、全国大会に行ける可能性を持っている強豪だからだ。

しかも、あいつがいる。

東山《ひがしやま》亜李寿《ありす》。

「えー、東山と同じ学校なのかよ? いいな。どんなやつ?」

と他校の友達がうれしそうに質問してくるくらい有名な選手なのだ。

今年の一月の全日本選手権で、中学二年にしてベスト4。二年後にはオリンピック代表になってたっておかしくない。

そんな選手のいる卓球部に、週一回か二回の練習でガマンしてくれ、とは言えないではないか。

「そしたら、とにかくみんな各部に持ち帰って部員たちに報告して……あさって木曜日、また臨時会議やろう」

*

昼休みが終わって教室に戻った。

しばらくの間、部長会議での難題を頭から消して忘れたいと思うのに、そうはいかなかった。

オレの斜め前の席には、東山亜李寿が座っているのだ。髪の毛はショートボブ。目は大きな二重だ。真正面からにらまれたら怖そうだけど、亜李寿はほとんど誰とも目を合わせない。

おまえのせいで、調整が大変なことになりそうだよ。卓球部のせいで、バレー部とバスケ部から不満が噴出するかもよ。

そう思っても、気軽にしゃべることはできないのだった。同じクラスになって十日くらいたつけど、まだ一度も話したことがない。

「おい、ソッパ。五時間目、自習って説があるぞ」

後ろから声をかけてきたのは、同じ野球部の渡嘉敷《とかしき》だ。ファーストを守っていて、チームメイトのことをよく見ていて下級生にいいアドバイスをくれる。ただ、走るのが致命的に遅いのだった。

ソッパというあだ名は、オレの歯から来ている。出っ歯なんだ。小学生のとき、デッパ、デッパと呼ばれていて、「そのまんますぎるからやめてくれよー」と文句を言ったら、じゃあ、出っ歯は反っ歯《そっぱ》ともいうから、ソッパにしよう、と命名されたのだった。

あ……そう決めたのも、渡嘉敷じゃないか！　小学校時代からの「腐《くさ》れ縁《えん》」だ。

「自習？　マジで。じゃあちょっと」

オレは、渡嘉敷を教室の後ろまで引っ張っていった。

「実はさ――」

さっきの部長会議で会沢先生が話したことを伝えた。

「マジかよっ！」

渡嘉敷の声はひときわデカいから、オレはシィィーッと指を口に当てた。やつは小声になった。

「オレたち野球部は今のまんまでやるしかないだろ。バレー部やバスケ部に譲れる場所なんかねーよ」

「そうだよな」

うちの部は三十人以上いる。二年生が十人、三年生が九人。そして、一年生が今年も十人以上入るだろう。だからピッチャーがキャッチボールしている間に、野手がバッティング練習やって、一年生が周りをランニングして、といった具合に、分散して練習する。

火曜日と木曜日はグラウンドを占有できるけれど、月金土がサッカー部と共用だ。その一部をさらによその部に貸すなんて、無理が大きすぎる。

「サッカー部が譲ればいいだろ。練習日が減ったってかまわないんじゃね？　幽霊部員も多そうだしさ」

心強いぞ、渡嘉敷。こいつを次回の部長会議に連れていきたくなった。いや、でもダメだ。「尾神より渡嘉敷が部長会長やったほうがリーダーシップあったのにな」と、みんなに思われたら悲しい。

「たしかにサッカー部は、部員も少ないしな」

「しかも、マネージャーの女子部員が部長やらされてるって、他の男子たちがやる気ねーの、バレバレじゃんか」

「まあ、モニカはけっこうちゃんとやってくれてるけどな」

別に、特にモニカが好きってわけじゃないけど、他の人に悪く言われると、ちょっとかばいたくなる。部長って、それぞれの部を背負って苦労してるわけだしさ。

がらっと引き戸が開いた。

「なんだなんだ、君ら、先生が来るまでは教科書読んだりして、自習してないとダメだろうが」

国語の大峰《おおみね》先生が、大股《おおまた》で教壇に上がったので、オレたちはあわてて着席した。

シャーペンを、親指と人さし指を使ってくるくる回すのが先生の癖《くせ》だ。無意識みたいで、教科書を読み上げるときも、生徒としゃべっているときも、指は動いている。

「はい。教科書十八ページ。あ、その前に、これ、教員室に届いてた忘れ物。東山さんのじゃないか？」

スポーツタオルだ。

亜李寿は立ち上がって、前へ取りに行った。

「ほら、これ。廊下《ろうか》に落ちてたぞ」

「マジだ……やばい」

受け取って、亜李寿はぺこりと頭を下げて戻ってくる。

やっぱり今日もだよ。オレは渡嘉敷にそう報告したかった。

オレのここ一週間の調査によれば、亜李寿は、「はい」「いいえ」「やばい」「すごい」「マジで」の、たった五つの単語で一日過ごしている。卓球部の部活のときは、もう少ししゃべってるみたいだけど、少なくとも教室では、それ以外になんにもしゃべらない。

よほど頭が悪いんだろうか、と最初思ったけれど、むしろ逆だった。小テストではいつも満点を取っているみたいなんだ。

よくわかんないやつ。

「東山亜李寿と同じ教室で勉強してるって、他校の子に自慢できるよね」ってクラスの誰かが言ってたことがあるけど、少なくともオレはちっとも自慢したい気にならないよ。

＊

ハァハァ、とさっきから呼吸が乱れている。オレは、次から次へと飛んでくる白球を追いかけて、右へジャンプし、左へダイブする。

「よーし、ラスト一球」

コーチが右手にバット、左手にボールを持ちながら言う。オレは、

「お願いしやっす！」

と大きな声を上げて、ボールの行方を追った。ナイスキャッチ。

「よし、今日はいつになく気合入ってたじゃないか」

武藤《むとう》コーチがほめてくれた。

コーチはうちの学校の卒業生で、大学まで野球をやっていた。今はお父さんが経営するスーパーを引き継ぐべく修業している。その合間に、教えにきてくれてるのだ。

「オレはもう、いつもいつも気合入りまくりですよぅ！」

本当は、守備の練習は嫌いだ。小学生のときはピッチャーだったんだけど、内野手が少ないから中学に入ってサードに転向した。今でも好きなポジションじゃない。

だけど、そんなことはもう言っていられないのだ。野球部を、オレはちゃんと守らなくては。

仮入部の一年生たちも、球拾いをしながらオレたちの練習を見守っていることだし。

「よし、次」

武藤コーチが、渡嘉敷を指導し始めた。やつは、足が遅い分、体全体を使ってでも球を止めよ

うとする。

やがて日が傾いてきて、太陽が沈みかける頃、ベルが鳴った。あと三十分で、グラウンド整備、片付け、着替えを終えて、学校を出なくてはいけない。

先に一年生を帰してから、二、三年生をグラウンドの中央に集めた。

「実はみんなに報告がある。来月、第二体育室を取り壊すんだってさ」

渡嘉敷以外にはまだ話していなかったので、へえ、そうなんだ、と小さなざわめきが広がる。

「で、卓球部が第一体育館を使うから、バレー部とバスケ部が今まで通り練習できなくなる。それでグラウンドも使うようにしたいらしい。どう思う？」

「え、野球部の練習が削られるってこと？　それっておかしくないか？」

一番に目をつりあげたのは、ピッチャーの江上《えがみ》だ。背が高くて重いボールを投げる、うちのエースだ。

つられるように、三年生が口々に文句を言い始めた。

「朝や昼なら貸してやってもいいけど、放課後はさぁ」

「卓球部は高校の体育館借りればいいんじゃねえの？」

「そんなの体育館使うやつらだけで、調整してほしいよなー」

いろんな意見が飛び交う。

「部長はどう思ってるんですか？」

そう聞いてきたのは、二年生の石塚《いしづか》だった。強肩《きょうけん》で、センターを守っている。オレが引退した後は、たぶんこいつが新部長になると思う。

「もちろんオレは反対だよ。こういうのって、部活の強さを考慮すべきだってオレは思ってて。まあ、全国レベルの卓球部は仕方ないとして、あとオレたち野球部も、県のベスト8に入れるかもしれないんだからさ。練習を減らすわけにはいかない」

質問してきた石塚も、渡嘉敷も江上も、うんうんとうなずいている。

「だから、部長として野球部の権利は守るから！　一応、みんなの意見も確認しときたかったんだ。じゃ、下校時刻近づいてるから急いで。お疲れさまでしたーっ」

「お疲れっしたー!!」

みんな大急ぎで、グラウンドの土をトンボで整備して、用具をしまって、ロッカールームへ急いだ。

着替えて校門の外へ出たオレは、他の三年生と駅へ向かった。自分ひとり、みんなと逆方向のため、電車の到着まで時間がある。駅前のコンビニでジュースを買って、外の自動販売機の陰《かげ》で飲み始めた。

そのとき、声が近づいてきた。二年生たちだ。石塚のほか、三人いる。

「あーあ、尾神先輩、気合入ってたよなぁ」

そう言いだしたのは石塚だ。ほめている口調じゃない。あきれたような、ちょっと嫌そうな言い方。

「ほんとはさ、バレー部やバスケ部に譲って、練習日を一日か二日減らしてもいいって、言いたかったんだけど」

石塚に続いて、他の男子も口々にしゃべりだす。

「今って部活が休みなの、水曜だけだもんな」

「県で優勝できるならともかく、精いっぱいやってもベスト8が最高ならさ。そんな必死にならなくてもよくねえ？」

「あー、それわかる」

「部活って楽しく体を動かす場でいいんだよな。ハードすぎるの反対」

オレは自動販売機の陰で、ドリンクを手に持ったまま固まっていた。

下級生たちは、そんなこと思ってたのかよ。すげー失望したよ。今すぐそう言って詰め寄りたいけれど……いや、そうじゃない。オレは部をまとめる立場なんだ。いろんな意見がわかってなくて、自分の気持ちを押しつけてたってことは、部長失格じゃないか……。

サッカー部部長の片想い

「モニカ、おまえ、今日の部長会議のあの話、どう思う？」

バス停のベンチにわたしが座っていると、バレー部部長の涌井《わくい》くんが現れて、隣に腰かけた。周りから視線がビシビシ刺さってくる。涌井くんのファンって多いの。切れ長の一重《ひとえ》で、今っぽい塩イケメンだし、足は長いし、人気があるのはわかる。ただ、自分がカッコいいって自覚してるところが、わたしにとってはイマイチなのよね。自身の良さに気づいてない無頓着《むとんちゃく》な人が好きなのよ。

「ああ、体育館とグラウンドの割り振り？　涌井くんはどう思う？」

わたしってあんまり主義主張のない人だけど、数少ないポリシーが、男子を必ず「くん付け」で呼ぶこと。「男に媚《こ》びてる」って悪口言う女子もいるの知ってるんだけど、自分としては逆のつもりなの。名字や下の名前を呼び捨てするほうが、ぐっと親しげじゃない？　くん付けって、ていねいでありつつ、ちゃんと距離を取ってる感覚。

「さあ、どうだろ。今日、部活なかったから、部員たちに話せなくてさ」

「わたしも～」

「バス来たぞ」

涌井くんが立ち上がったけど、わたしは立たなかった。

「あれ、乗らないのかよ。なんで」

「待ってる人、いるから。エヘ」

変なやつ、という顔で涌井くんはバスに乗っていった。見守っていたファンの子たちも、「せっかく涌井さんといっしょにいるチャンスを自分から逃して、変な人！」って顔をしてる。

いいんだもん。人にはそれぞれ王子様がいるんだよ。

しばらく待っていると、一学年上、高校一年生の有名人が通り過ぎていった。森下花火《もりしたはなび》さん。この春、中学卒業前に絵画コンクールの全国大会で金賞を取ったんだよ。

さらに二十分ほど待っていると……来た来た。高校生になってからの生活パターンを知らないから、何時に現れるかわからなかった。そもそも、中学のときと同じように、このバスを確実に使うかどうかもわからなかった。会えてラッキー。

「国吉《くによし》さん」

先輩は、もちろんくん付けじゃなくて、「さん付け」だよ。

「よ、久しぶり」

こっちを向いて、手を上げてくれた。国吉さんは、去年までサッカー部でゴールキーパーをやってた人。森下花火さんと同じ学年で、今は同じ中高一貫校の高等部にいる。

「また背、伸びました？」

「こないだの身体検査で一八七」

「きゃ、巨体」

「今日、バスケ部に勧誘された」

「えっ。それでどうするんですか」

「そりゃサッカー部入るよ、って思ったけどさ」

「思ったけど？」

「もしかしてバスケ部もありかも？」

「どの部でもいいです。わたしはまた来年、国吉さんが選んだ部活のマネージャーになるんで！」

「またそんなこと言って。高校受験で入ってきたやつのなかに、イケメンいっぱいいるぜ」

うちの学校は高校からさらに百人入学する。

「こんなただのデカ男につきまとわなくても、来年になったら目移――」

「移りません！」

わたしが国吉さんを好きなのはこういうところ。自分のこと、ただのデカ男とか言っちゃってね。ボールに向かっていく姿がどんなに素敵《すてき》か、まったく気づいてないの。しかも、この熱い想いもさくっと受け止めてくれて、でもそのうち心変わりするだろうから、それまでは別に好き好き言ってもかまわないよー、みたいな。オトナすぎる対応なの。要するにわたしのこと、恋愛対象として見てくれてないんだけど……。

「で、サッカー部、どう？　部長業頑張ってる？」

去年の秋、うちの学年で部長をやりたがる部員がひとりもいなくて、結局マネージャーのわたしがやる羽目《はめ》になった。

国吉さんが引退したサッカー部なんて、炭酸が全部抜けたサイダーより意味ないから、退部しちゃおうかな、と思ってたんだけど、国吉さん本人から「部を頼んだぞ」って引き継ぎされたら、やめるわけにいかないよねえ。それで今に至ってる。

でも、サッカー経験のないわたしが、やる気のない選手たちをやる気にさせるって無理なんだよね。

「一応やってます。でも、幽霊部員が増えちゃって、紅白戦もできないくらいなんです」

サッカーは十一人でやるから、紅白戦は二十二人必要なの。でも、最近、部活に出てくるのは十二、三人だけ。

「まだ雰囲気、戻らないか。あんなことがなきゃ、よかったんだけど」

わたしが一年生のとき、入部した直後に「事件」があったの。三年の先輩たちが二年生をたたいたっていう体罰事件。サッカー部は活動停止になって、加害者の三年生たちは部活をやめて……。公式試合出場も停止になったから、部員は減って、あれ以来、やる気のない雰囲気になっちゃった。前は野球部よりも活気があったのに――。

わたしも、なんなのこの部って思ったけど、当時二年生だった国吉さんに一目ぼれしていたせいで、退部の選択肢、なかったのよね。

商店街の道路が渋滞していて、バスは進まない。運がいい。おかげで、国吉さんともう少し話ができるもの。

「今日、部長会議でこんな話が出たんです。明日、部活の前に、みんなに伝えようと思うんですけど」

第二体育室が取り壊される件を、国吉さんに話した。

「たぶん、みんな『どーでもいい』って言うと思うんです。だから、サッカー部は練習日が一日か二日減るかもしれないけど、まあしょうがないですよね〜」

「ストレスたまりそうか？」

「え」

「ほんとはモニカって負けず嫌いだろ？　部員たちがもどかしいんだよな？」

「勝ち負けはいいんです。でも、パッションがないっていうのはさびしいなぁ、って」

不意に、国吉さんが手を伸ばしてきた。わたしの頭の上に手を置いて、ぽんぽん、と軽くリズムよくなでてくれた。

わ。ちょうど、バスが動き出して、体のバランスを崩して転びかけてよかった。そうじゃなかったら、びっくりしすぎて、のけぞったのがバレバレ。

「ありがとな。モニカ。きっといつか、またサッカー部は強くなるよ。それまでの過渡期《かとき》だ、今は」

「国吉さぁん」

幸い、国吉さんがこっちを見てなかったので、わたしは鼻の下に指を二本置いて、ギュッと押した。テンション上がると、なぜかクシャミが出そうになるの。ここを押さえると、止まるんだよ。

「おれもさ、やっぱりバスケ部じゃなくて、サッカー続けるわ」

「じゃあ、わたし、来年はまたサッカー部のマネージャーやりますから！　待っててくださいね」

「おう」

今はそのための修業だと思えば頑張れる。

わたしのほうが、家が近いのでバスを先に降りた。

「ありがと、国吉さん。愛してるー」

バスが遠ざかっていくのをいいことに、そう叫んでみたけど、聞こえたかな。

歩き出しながら、さっきの頭ぽんぽんを思い出すと、笑いがまたこみ上げてきちゃう。

「ブォナセーラ！　まだ、国吉国吉って、言ってるのか」

そう後ろから呼びかけてくる人がいる。振り返らなくてもわかる。お父さんだ。ブォナセーラっていうのは、イタリア語で「こんばんは」のあいさつなの。

つまり、お父さんはイタリア人。長いこと日本に住んでいるし、わたしのお母さんは日本人だから、お父さんも日本語ぺらぺらなんだ。

「国吉さんは、わたしの永遠のアイドルだもん」

「アイドルっていうのは、遠くで見つめているだけの存在だろう？　つまり自分の手には入らない」

お父さんってば、いつもアクションが大きい。今も、道を歩きながらなのに、がしっと何かをだきしめるみたいに、両手を動かしてる。大きな手さげバッグを振り回しているみたいになってるよ。

「いいの。永遠の片想い。もしかして、いつか報われるかもしれないし」

「あー、ノーノー、ダメダーメ。片想いなんて人生のムダね。恋する乙女《おとめ》は、どんどん次行かないと」

わたしはクククと笑ってしまった。

「お父さんがそうやって、わたしの恋愛関係にダメ出ししてくるって話、学校でしたら、みんな『キモい』ってドン引きしてた」

「ドンビキィ？　何それ」

「ありえない、って。お父さんは普通、娘の恋愛なんて気づかないふりをしてるし、カレ氏を紹介するって言ったら、イヤーな顔をするんだって」

「カレ氏、早く紹介してほしいね。いっしょにうまいもの食いに行ったり、ゴルフをやったりしたいんだ」

お父さんってほんと、根っからの「陽キャ」なの。あ、陽気なキャラクターってことね。

「いつか、国吉さん、紹介するね。お父さんより背が高いんだよ」

「ああ……娘は当分、恋人を作れなそうだなぁ」

おどけた顔をしながら、お父さんはマンションに入っていく。エレベーターが五階から下りてきた。

扉《とびら》が開いて、出てきたのは東山亜李寿《ひがしやまありす》のお母さんだった。

わたしと亜李寿、同じマンションに住んでいる幼なじみなんだ。前は、ほんとによくおしゃべりしたし、お母さんもいっぱい話してくれたんだけど、今はそっけない。うちのお父さんが明るくあいさつしても、軽く会釈《えしゃく》するだけでさっさと行っちゃった。

家に着いたら、お父さん、リビングでさっそくお母さんに、「ただいま」のキス。娘のわたしがそばにいたって関係なし。熱くハグしながら、ぶちゅーってキスしてるんだよ。

クラスの友達に話したら、また「キモい」って言われるかな?

＊

次の日の昼休み、三年生のサッカー部部員たちに、部室へ集まってもらった。狭い部屋なんだけどね。丸椅子《まるいす》を並べて、あと小さなベンチにも座ってもらった。

みんながお弁当箱を開いたから、ご飯の匂《にお》いが部室にただよってる。わたしは、司会をやるから食べるヒマないなと思って、サンドイッチを前の休み時間にこっそり食べちゃった。いわゆる「早弁」っていうの、初めてやったの。

ほんとは放課後ゆっくり話したかったけど、仮入部期間だから、先輩だけで固まってしゃべってると、せっかく一年生が部活の様子を見に来てくれても、おもてなしができないといけないものね。

三年生は自分を入れて八人。女子はわたしだけ。もうひとり、二年生にマネージャーの子がいるの。

あと、去年の夏まではプレーヤーとして参加している女子がいたんだけど、「試合に出られないから」ってやめちゃった。公式戦は男女別だから、女子だけで十一人いないと大会に参加できないんだよね。

で、今いる三年男子七人は、わたしに部長を任せるくらいだから、みんなテンション低めなんだ。

「なーに？　なんの用件？」

椅子にぐだーっとだらしなく座って、そんな声出してるのは菊池《きくち》くん。走るのがとっても速くて、パスもうまいの。でも、気分にムラがあって、調子悪いときは全然走らない。

「あのね、第二体育室が取り壊しになって、卓球部が第一体育館を使うのね。それで、押し出されるかたちで、バレー部とバスケ部が少し、グラウンドも使うことになるらしいの。だから、練習日が減るかもしれないけど、別にいいよね？って確認取りたかったんだ」

「練習日、減るんだ？　バレーとバスケのやつらのせいで」

太いまゆ毛をつりあげているのは、宅間《たくま》くん。

「減るのがイヤだったら、共有するっていう提案もできるよ。今、月金土は、野球部とグラウンドを分けてるじゃない？　ああいう感じで、バスケやバレーとも」

「共有ねえ」

「でも、練習をぜひやりたいっていうのでなければ、譲ってあげたほうが、彼らは喜ぶと思うよ?」

はいはい、いいですよ。そうしましょう。みんなそう言うと思ったのに。

「なんで、バレー部やバスケ部を喜ばせてやんなきゃいけないわけ?」

宅間くんがふくれている。

「あいつら、別にオレたちを助けてくれたことないっしょ。じゃあ、こっちが助ける必要ないんじゃね?」

菊池くんの言葉に、宅間くんが大きくうなずく。

「せっかく仮入部で一年が来てくれることだし、今年は大会でも一回戦勝ち、いや二回戦勝ちを目指してさ、気合入れて練習したいよなぁ」

「そうそう。野球部にも今まで譲りすぎてたから、むしろ練習時間を増やしてもらうくらいでもいいよなぁ」

ええええ〜? びっくり。

どうしていきなりこの人たち、こんなこと言いだしたの?

で、ふと気づいたの。

熱くしゃべってるのは、菊池くんと宅間くんのふたりだけ。あとの五人はニヤニヤ笑いながら、話を聞いているんだよ。

「え、なんでみんな笑ってるの？　ねえ、多田《ただ》くん」

一番そばにいる多田くんに聞いてみた。笑いすぎている自分を抑えようとするように、ほっぺたを手でぎゅっとつかんでる。完全に「変顔」になってるよ。

「いや、あのさあ。モニカ。こいつらの言ってることは逆恨《さかうら》みだからな」

笑い声が起きて、宅間くんが、フン、と鼻を鳴らしてそっぽを向いた。

ええ？　全然意味がわからないよ。

多田くんは、

「モニカ、バレー部の石田朱美《いしだあけみ》って知ってる？」

「もちろん。去年、同じクラスだったもん」

「宅間は、そいつに告白してフラれたの。ついこないだ」

「え、えええ？」

「同じく、バスケ部の――」

「あーやめろやめろ、うるさい！」

多田くんをさえぎったのは、菊池くんだった。ははーん、なるほどね。

「あ、つまり、バスケ部の誰かにふられたのが菊池くんってこと?」

わたしが聞くと、

「さすがモニカ。正解!」

って声が上がった。

「なんだ。失恋したから、グラウンドを譲らないなんて子どもみたい」

そう言うと、宅間くんと菊池くんは顔をしかめている。

「うるせーな」

わたしは続けた。

「だけど、そういうのっていいよね! わたし、好き」

「へ?」

「大事なのはパッションだよ! 動機はなんでもいいんだよ。熱くなれるんなら。うん、わたし、ふたりの意見を、明日の部長会で伝えるね」

*

放課後、グラウンドに行くと、新入生が十二人も来てくれていたの。女子が三人もいるし。小学校のときからクラブチームでサッカーやってたんだって。

みんな入部してくれるとは限らないけど、うれしいなぁ。

三年生が、下級生たちを仕切りながら準備運動を始めたので、わたしはグラウンドの隅に行った。

今日、水曜日はサッカー部が占有できる日なのに、野球部の部員が十人くらい素振《すぶ》りをやってるの。

今までも何度かやってたことがあって、ま、いっかと見逃してあげてたけど、昼間に部室で話し合ったとき、みんないつになく熱かったから、わたしもサッカー部の権利をちゃんと守ってあげなくっちゃ。

「ねえ、尾神《おがみ》くーん」

Tシャツにトレパン姿の尾神くんが、ハッとした顔でこっちを見る。

「あ、わりぃ。オレら、来週末に練習試合があってさ」

先に謝られると、文句言えない。

「じゃあ、今日だけね」

「ああ、うん」

素振りをやってるのは二年生みたい。黙々とバットを振ってる。たまに尾神くんがアドバイスしてあげてる。

「ねえ、野球部はどうだった？」

第二体育室取り壊しの件、よその部はどんな反応だったのか、興味があったんだ。

尾神くんは鼻に小じわを寄せた。

「あいつらのせいでさー、面倒なことになったよな」

「あいつら？」

尾神くんはわたしを引っ張って、二年生たちから二十メートルくらい離れたところに移動した。

「卓球部だよ。オレたちが煽《あお》りをくらうっておかしくねえ？」

「まあね～」

「東山亜李寿にも、なんかイラつく。全日本でベスト4ってそりゃたしかにすごいのかもしれませんけどっ。でも、雑誌の記事で読んだぜ。あいつの叔母《おば》さんが元全日本の選手で、自宅に卓球台置いて、姪《めい》の亜李寿を五歳から英才教育したって。うちの学校のおかげでもなんでもないじゃんか」

「それは一理あるけど――」

「まあ亜李寿が、クラスに溶け込んでて一生懸命なタイプならまた違うんだろうけど、全然しゃべんねーし。口開くと『マジ』とか『ヤバい』ばっかりだしなぁ。なんだあれ」

かなり腹を立てているみたいだ、尾神くん。逆らったら、もっと怒るかな。でも、わたしは尾神くんの知らない亜李寿を知っている。

「亜李寿ってね。昔はすごくよくしゃべったの」

「え」

「同じマンションの幼なじみで。だけど、お母さんが『炎上』したんだよ。三年前、あたしたちが小六のときに」

「炎上ってなんだよ?」

「ブログ。おばさん、亜李寿がどんな練習したか、毎日ブログに書いてたのね。で、全日本で初めて、元オリンピック代表の角坂和歌子《かどさかわかこ》さんを破ったときに、大喜びで文章を書いたわけ。そしたら、角坂さんのファンに、めちゃめちゃバッシングされて」

「なんか、わかる。調子乗りすぎてると、周りは腹立つよな」

「わたし、ブログ見たんだけど、そんな悪い感じじゃなかったんだよ。相手を落とすようなこと、なんにも書いてないし。ただ、亜李寿をほめてるだけだったのに。で、そのときからおばさん、ブログやめて。会ってもしゃべらなくなっちゃって。亜李寿まで」

「そっかぁ……。有名人って、いろいろ大変なんだな」

「そうだよ」

「でも、今回のごたごたのせいで、オレまで大変だしさ」

「え、どうしたの？」

「オレが熱く、野球部は練習日を減らさないように、部長会議で闘うから！って語った直後に、二年生たちが『そんなに練習したくないのに』みたいなことを、しゃべってんのを陰で聞いちゃったんだ」

「でも、みんな今、素振りを一生懸命やってるじゃない？」

わたしは、並んでバットを振っている子たちを指さした。

「あれ、たぶん、オレに聞かれたと思って、あせって無理にやる気見せてるんだよ。妙に空気読む、っていうか気を遣《つか》うやつらだから」

「そっかぁ。大変だね！」

励ましたつもりなのに、尾神くんはがっくりうなだれてる。

「おまえって、ふわっと軽いよな」

「えー、ほんとに心配してるよぅ」

「でもありがとな」

「ん？」

「いつもオレのこと、『尾神くん』って呼んでくれて」

「え、そこ？」

「だって、オレ、ほんとは『ソッパ』って呼ばれるのヤなんだもん。あきらめてるけどどさ。『尾神くん』って呼ばれるとうれしくて」

よかった。男子を「くん付け」するささやかなポリシー、気に留めてくれてる人がいるんだな、って思えて。

和太鼓部部長、傷つく

早く第二体育室に行って、和太鼓《わだいこ》の準備をしなきゃ。そう思うんだけど、体が動かない。

わたしは、体育室の入り口に立って、ぼうっと建物を見ていた。プレハブ建築で、外見は倉庫のような形だ。

ここで二年間、練習してきた。太鼓のバチのにぎり方から覚えて、手のひらにマメをたくさんこしらえた。もともとぽっちゃりだったのに、二の腕と太ももがますますたくましくなっちゃった。

それでも、今ではドーンドーンと胸の奥までひびくような強い振動が大好きだ。

昨日《きのう》、部活はなかったけれど、放課後、みんなを呼び集めた。集めるっていっても、わたしをふくめてたった四人しかいないから、簡単だ。

ずっといっしょにやってきた、三年男子のクーリこと栗本《くりもと》くん、二年女子の侑子《ゆうこ》、二年男子の暁《あきら》。

第二体育室は取り壊されることになったんだって、伝えた。

三人とも怒ってた。侑子は泣いてた。つられて、わたしまで泣いちゃった。

ゴールデンウィークに、イベントに呼ばれてて、四人でパフォーマンスを披露する。だから練習しないといけないいんだけど……。体育室にはたぶんまだ誰もいない。太鼓の音、聞こえてこないから。

「明音《あかね》先輩」

後ろから声をかけられた。

「あ、暁」

暁はにょきにょき成長中だ。入部したときは小さかったのに、今はわたしより背が高い。それでも、入部した頃の印象が強くて、いまだに、ちっちゃい弟、みたいに思ってしまう。

「どうしたんですか、こんなとこでぼーっとして」

「体育室って、こんなにたくさん窓があったんだな、って思って」

「そういえばそうですね一。練習中、開けないですもんね」

音が外に漏《も》れるといけないから、練習中はいつも閉じたままだった。防音設備が整っているわけじゃないから、閉めていても音は外にひびいたけど。

一階に練習場があって、奥に和太鼓と卓球台を収納する倉庫がある。二階は体育祭などの備品を収納する部屋だ。

「二階建てじゃなかったら、よかったのかなあ。耐震強度」

わたしが建てたわけじゃないのに、なんとなく後悔に似た気持ちになってしまう。

暁はもっと現実的だった。

「しょうがないですよ。階段上がったとこの廊下《ろうか》、雨漏《あまも》りしてたじゃないですか。あと、夏、練習場にムカデが這《は》ってたことあったし」

「ああ!　あれ怖かった」

「建物のどっかに穴があって、入ってきたんですよ」

「そっか、やっぱり老朽化してたんだね。なんか、あきらめついた」

わたしはやっと歩き出した。練習場の扉を開けると、空気がひんやりとしている。斜め台を倉庫から先に出して、それから和太鼓を運ぶ。大きいものはふたりで持ち上げる。小さなものはひとりでもだいじょうぶだ。

「そういえば侑子は、図書委員会の用事があるらしいです」

「クーリは日直だって」

準備をし終えて、わたしたちは軽い準備体操で体をほぐした。

「新入生、来ますかね」

「うーん、どうだろうね……」

「明音先輩って、どうして和太鼓部に入ったんですか?」

バチを両手に取りながら、暁がそう聞いてきた。

「わたし? 安藤《あんどう》先生に頼まれた」

安藤先生は中一のときの担任で、和太鼓部の顧問でもあった。

「頼まれた、って?」

「『和太鼓部って、学校設立のときに、校長の希望で作られた伝統ある部活だから絶対に廃部にできないんだ。誰かに入部してほしいんだよ、だから頼むよ』って」

「なんで、明音先輩に?」

「わたし、断れないタイプって、わかってたんじゃないかなぁ」

「ああ、そういう雰囲気ただよってますもんね」

「やっぱり？　わたしって小学校のとき、目立ちたくなくて学級委員なんかもやったことなかったの。でも、なぜだか先生に呼ばれて『転校生の面倒見てあげてね』って頼まれるタイプ」

「あぁ、わかる。ぼくもどっちかっていうとそれに近いですよ」

「暁は逃《のが》れられなかったんだよね？」

「はい。安藤先生の家、二軒先なんで。家族ぐるみの付き合いで、うちの親に、いかに和太鼓がすばらしいか、入学前から宣伝してましたからねー」

何度も聞いた話なんだけれど、そのたびに笑ってしまう。

わたしたちは先生の「犠牲者」だけど、おかげで和太鼓の楽しさを知ることができた。

「ねえ、来月からどうしようか。音楽室とかを使わせてもらえれば、防音設備もあるし、いいんだよね」

「聞きに行ってみましょうか？　放課後、空《あ》いてる曜日があるか」

＊

わたしと暁は、音楽室のドアをそっと開けた。トランペット、オーボエ、クラリネット……いろんな音が雑多にドアから流れ出てくる。器楽部だ。パート練の最中みたいで、楽器ごとに集まって、話し合ったり練習したりしている。

ドアのそばにいた女子がこっちを見て立ち上がった。

「新入生……じゃないですね。なんですかぁ？」

「えっと……和太鼓部の部長の阪上《さかがみ》ですけど、器楽部の部長って……」

「中田《なかた》さぁん、お客さんです」

奥のほうにいた中田美穂《みほ》さんが、急ぎ足でやってくる。名前は知ってるけど、一度も同じクラスになったことがないので、話すのは初めてだ。束ねた髪が、シャンプーのコマーシャルに出てくる女優さんみたいに、ぴかぴかつやつや光っている。

迫力におされて、わたしはちょっと小声になりつつあいさつした。暁のことも紹介する。

中田さんはその最中に、ちらっと壁の時計を見た。あ、急いで用事終わらせなきゃ。プレッシャーを感じる。早口で用件を伝えた。

「第二体育室が取り壊しになるので、わたしたち、練習場所がなくなるんです。音楽室って、放課後、使える日ありますか」

「あー、ごめん、満杯。全然ムリ」

一秒も間をおかない即答だった。

「あ、えっと」

「うちと合唱部が使ってるのね。で、うちは水曜と金曜なんだけど、ここが空いてる日は、自主的なパート練をみんな入れてるから、使わない日なんて一日もないんだ」

「あ、そうですか……」

「ごめんね」

その一言だけ、ちょっぴりやさしい口調だった。

ドアを閉めて、わたしがうつむくと、暁が言う。

「視聴覚室、行ってみましょうよ」

「あ！　そうだね。あそこも防音」

でも、同じくきっぱり断られた。

「そういうことは、運動部部長会から文化部部長会に、正式に申し入れて」

と、軽音部部長に怒られた。

「まあ、申し入れが来ても、無理なんだけどな。うちと英語部と演劇部が使ってて、空きはまったくないから」

とりあえず第二体育室に戻るしかない。暁もわたしも、しゃべらなかった。

心のなかで思う。みんな、それぞれの部活の事情があるのは、わかる。だから、断られても当然だ。でも、「和太鼓部も大変ね」「活動してる場所がなくなるなんて残念だね」って、ほんの一言でいいから、付け足してくれたらどんなにかうれしかっただろう……。

けれど体育室に戻ったら、そんなことは忘れてしまった。新入生が来ていたのだ。松葉杖《まつばづえ》をついている。

クーリがひとりで対応して、いろいろ説明してくれていた。

「遅くなってごめん！」

わたしが駆けこむと、クーリが紹介してきた。

「この子、宮本剣《みやもとけん》くん。運動部に入りたいと思って、全部順番に回るつもりなんだって」

「松葉杖は……いつごろ外せるの？　あ、つまりケガは治るのにどのくらいかかるのかな、って思って」

わたしが聞くと、宮本くんは口元にちっちゃなエクボをこしらえた。

「ぼく、ケガしてないですよ」

「え？」

「病気です」

「病気……?」

「足を切ったんです」

「え?」

クーリの顔を見ると、それはまだ聞いていなかったみたいで、目を見張っている。

「それは……大変だったんだね」

「いや、病気はたぶん平気なんです。治ってるはず。ダメな部分を切って、膝《ひざ》に人工関節っていうのを入れて。そのうち杖なしで歩けると思うんだけど、たぶん、普通のスポーツは無理で」

数学の問題を解くような言い方で、さらさらと答えている。強がっているのかな。それとも、説明することにもう慣れているのかな。

「それでもできるスポーツを探してるってこと?」

「はい」

「それなら、和太鼓はいいよ。いろんなたたき方ができるから」

わたしたちが習っている流派の和太鼓の基本は、大きく片足を前に踏み出して、膝を曲げて重心を下げて、そしてバチを持って、右手、左手、交互に打つ。そのフォームも細かく決まっている。膝に力が入るから、人工関節では難しいのかもしれないけれど……でも、他にもたたき方はあるのだ。

暁に頼んでパイプ椅子《いす》を運んできてもらった。

「こういうふうに、座ったまま上半身の力だけで、たたくこともできるの」

太鼓の正面に座って、バチでたたく。

「よかったらやってみて」

宮本くんは、しばらく返事をしなかった。それからボソリと答えた。

「やってもいいけど……。ぼく、和太鼓部には入部しませんよ」

「うん、だいじょうぶ」

わたしは答えた。

さっきから感じていたのだ。この子は、うちに入部することはないだろうなぁ、と。並んでいる和太鼓にはあんまり興味がないようだから。運動部は全部回ってみると決めていて、ここに立ち寄っただけなのだろう。

「うちの部って、新入生が見学に来ること少ないし、来ても入部することほとんどないし」

「なんでですか」

「競技のほうが面白くない？　勝ったか負けたか、はっきりしてるほうが努力しがいあるし。卓球とか野球とか」

「じゃあ先輩たちは、なんで和太鼓やってるんですか」

「うーん、なんだろう……」

わたしは首を傾けて、床の木目を見ながら考えた。

「普通のスポーツって、自分の胸の鼓動を、感じるものなんじゃないかな。どきどき、って。でも和太鼓は……いっしょにやってる人たちの胸の鼓動を感じるっていうか。あー、うまく言えない」

顔を両手で押さえて、わたしは謝った。案《あん》の定《じょう》、暁とクーリが、

「ぼくの胸の鼓動を、先輩が感じてるー。どきどきー」

「どきどきー」

と、からかってくる。

宮本くんはその輪には入らずに、松葉杖を置いて椅子に座った。バチをにぎって太鼓をドン、ドンとたたく。わたしからすると小さな音なのだけれど、宮本くんは目を見張った。

「すげー、腕にジーンってひびく」

太鼓には、いろいろなサイズがあって、打ち方もたくさんある。さらに全国にはさまざまな流派が存在する。

大きな音を出せる大きな体の人が勝ち、とかそういう決まりはなくて、みんな自分の体で出せる音を突き詰めていく――。

そんな部活なんだということを、もっとうまく言葉で表現できればいいんだけれど。

下校時刻が近づいた頃、宮本くんを見送ってから片づけをして、みんなで学校を出た。

「じゃあまたね」

三人とも家がばらばらなので、駅前の商店街の入り口でさよならをする。そのとき、わたしは気がついた。

「あ、忘れ物」

サブバッグを部室に置いてきてしまったではないか。中に、今日の宿題の問題集とノートが入っている。

仕方なく学校へ戻った。下校時刻を過ぎているので、門から下駄箱《げたばこ》まで、誰にも会わなかった。

和太鼓部の部室は、第一体育館の一階にある。部室のドアを開けて電気をつけると、丸椅子の上に、わたしのサブバッグが置いてあった。それをつかんで外に出て、第二体育室の前を通って帰ろうとしたのだが……立ち止まった。

誰かが体育室の前に立っている。

そっと近寄ってみた。

あ……。

東山《ひがしやま》亜李寿《ありす》さんだった。卓球部のエース。将来、オリンピックに行くかもしれない、すごい人。

二年のとき、同じクラスだったのだけど、ほとんどしゃべらなかった。もともと無口なのだ。もっとも、小学生のときは、けっこうおしゃべりだったらしいのだけど。

「何か用?」

急に、亜李寿さんが振り向いたので、わたしは一歩後ずさりした。

「あの……わたし、忘れ物して。ここに人がいるから誰かなって。ああ、わたしは怪しいものじゃなくて、和太鼓部の部長で」

くす、と笑い声が聞こえた。

「知ってるよ。阪上さん。去年、同じクラスだったじゃない?」

「あ、うん、そうなんだけど」

忘れられていると思ってた。

「まだ帰らないの？」

そう聞いてみた。

無口なはずの亜李寿さんが、体育室を指さしながら話してくれた。

「取り壊されるの、くやしいよね。卓球が楽しいってこと、いつも思い出させてくれる場所だったの」

「わたしも好きでした。ここ。これからどこで練習やったらいいか……いろいろ大変で。うちら、マイナーな部活だから」

言いながら途中で口を閉じたくなった。よりによって、よその部のスター選手に、言っても仕方のない愚痴《ぐち》を、なぜ話してしまったんだろう。

でも、返ってきたのは思いがけない言葉だった。

「ひと昔前は、卓球もマイナースポーツだったんだよ」

「え」

「ルールを変えたり、卓球台の色を変えたりして、卓球は少しずつ人気のスポーツに変わったの」

「そうなんだ……努力」

「うん。それも、自分ひとりの努力じゃなくて、卓球っていう競技に関わった、たーくさんの人の」

「そうか……」

なぜだか涙がぽろぽろ出てきちゃって、止まらなくなった。

＊

小会議室の空気が重い。木曜日の放課後の部長会議。沈黙が流れていた。野球部の尾神《おがみ》くんとサッカー部のモニカが、グラウンドを譲ることについて、難色を示してきたのだ。

「『絶対譲らない』ってわけじゃないけど、『どんどん譲ります』とは言えないから、どれだけ使いたいのか、バスケ部とバレー部から提案してくれ」

とのことだった。

それに対して、バスケ部の滝《たき》くんとバレー部の涌井《わくい》くんは、

「オレら、本音は別にグラウンド使いたくないし。今まで通り体育館でやりたかった」

と文句を言って、みんな黙りこんでしまったのだ。

「和太鼓部、何かありますか」

尾神くんが、こっちを見る。今の話の流れで意見を言ってほしいということなんだろうけど、わたしはわたしで、今日伝えたいことがあった。

「あの、和太鼓部は、ほんとは部長会を通さなきゃいけなかったんだろうけど、自分たちで視聴覚室と音楽室、使えないか交渉に行ってみました」

「おお、そうなんだ。それで？」

「ダメって言われました。音楽室は吹奏楽部と合唱部、視聴覚室は軽音部と演劇部と英語部が使ってて」

「はーっ、あっちもこっちも」

髪の毛を手でかきむしる尾神くん。わたしはあわてて付け足した。

「でも、使える教室、見つけました」

「え、どこ」

他の部長も身を乗り出してきた。

「家庭科室です。教室の後ろの部分が広いので、太鼓、置けそうです！」

意識的に、元気な口調で言った。尾神くんの声も明るくなった。

「よし、和太鼓部は前向きにやってくれてるみたいだし、オレたちもできることを考えましょう」

東山亜李寿さんのおかげだ。

わたしは昨日のことを思い出していた。第二体育室を離れてから駅まで、いっしょに歩いた。「和太鼓部、頑張ってね」と、亜李寿さんは言ってくれた。さらに、「わたしたちって、髪形とか体形とか、ちょっと似てるよね」って言ってくれた。とんでもない！と思う。亜李寿さんはすらりと細くて、わたしは二の腕ぽちゃぽちゃで、まったく違う。でも、そう言ってもらえてうれしかった。

努力している亜李寿さんを見習って、わたしも、少しでも前を向いて頑張りたいな、って思ったのだ。

そんなことを考えているうちに部長会議は解散になった。また来週明けに集まるそうだ。そのときまでに、家庭科室でやってみて、うまくいったかどうか報告したい。

それで翌日の金曜日、部員たちに頼んで、急遽和太鼓部の部活をやることにした。台車を使って家庭科室に和太鼓を運ぶ。一年生の教室の前を通ったら、「なんだなんだこの人たち」という好奇の目で見られてしまった。

授業で料理を作ったりマフラーを編んだりしていた家庭科室に太鼓を持ち込むのは、不思議な気持ちだ。

クーリ、暁、侑子、わたし。

四人そろって、太鼓をドンドンドンドン、と練習し始めた。途中で、バチを太鼓のふちに当てて、カッと乾いた音を立て、変化をつける。

準備運動っぽく軽く始めたけれど、だんだん手の筋肉も足の筋肉もほぐれてきた。音が深くドンドン！と胸にひびくようになる。

そのときだった。

「う、うるさいよー。なんなの」

家庭科室に飛び込んできたのは、斜め向かいのパソコン室で活動していた映画研究部の部員だった。少し遅れて、上の階から書道部の部員も降りてきた。

「ここで毎回部活やるわけじゃないよね？　今日だけなら、ガマンするけど。本当はそれもつらいんだけど」

と、苦情を言われてしまった。

わたしたち、先生にも許可をもらったんだけどなぁ……。

みんな出て行った後、クーリがため息をついた。

「ダメみたいだね。迷惑かけるから、やめようか」

せっかく運んできた和太鼓をまた運び出さなくてはいけない。教室の隅に置いていた台車を取りに行って、戻ってきたときだった。

ココン、とドアをノックする小さな音が聞こえた。開けに行ってみると、女子が三人立っていた。一年生だ!

「今の音、和太鼓ですか?」

「わぁ、気になってたんです。わー、これが太鼓。小学校の運動会で先生がたたいてて、わたしもやってみたいなって思ってたんです」

見学しに来てくれたのかな……?

「ねえ、あんまり大きな音は出せないんだけど、ちょっとバチを持って、たたいてみない?」

そうわたしが誘うと、三人は争うようにバチを手に取ってくれた。

え、うそ。

わたしとクーリは顔を見合わせた。暁とも、侑子とも目が合った。他の部には怒られたけど、体育室を出てきてここまで来てみてよかった。

もしかして、新入部員が入ってくれるかもしれない!!

カッコ悪いバレー部部長

おれは、学校の中にある鏡の場所を全部知っている。

たとえば、階段の手前に給水機があって、冷水を飲めるようになってるんだけど、そのマシンの上に鏡があるんだ。いつも通るたび、そこをさりげなくのぞきこんで、髪形をチェックしてる。授業中、ほおづえをついていると、髪を変にいじってしまうことがあるから。

ＯＫ！　今は前髪、いい感じで流れている。

「おい、涌井《わくい》。いつもヘアスタイル気にして、カッコつけマンだな！」

茶々《ちゃちゃ》を入れてきたのは、軽音部の谷田《たにた》だ。類《るい》は友を呼ぶっていうのかな、おれの周りにはカッコいい友人が多い。こいつもそのひとり。

「おまえにだけは言われたくないわ!!」

ツッコミ返したら、谷田はけらけら笑った。

谷田は去年、夏休みに入った瞬間、髪を染めた（二学期が始まる前日に黒く戻した）。耳にピアスもつけてる。学校では外しているけど。

ちなみにおれは、ピアスはしたことないけど、ペンダントをつけているんだ。今もこっそりと。だからシャツのボタンは一番上まで留めている。

あ、向こうから同じバレー部の二年女子、美緒《みお》が来た。今、女子部は三年生がいないので、美緒がキャプテンだ。けっこうかわいいと思うんだけど、まだ自分のかわいさに気づいてない。メイクすれば、イケてると思うんだけどな。

おれのファンらしくて、話しかけてくるとき、だんだんほっぺたが赤くなっていく。いつか告白してくるかな。そのときおれ、どうしようかな。

「美緒、これからすぐ部活行く？」

話しかけたら、体が固まってる。

「は、はい！」

「おれ、臨時の部長会なんだ。遅れて行くから、みんなに伝えといてくれるかな」

「ははは、はい！」

緊張しすぎだよ。つい笑ってしまいながら、小会議室へ向かった。

ここ一週間、運動部部長会だらけで、正直うんざりしてしまう。

卓球部が第一体育館に割り込んでくるから、おれたちバレー部とバスケ部が、場所を空《あ》けてやらなきゃいけない。その割り振りをどうするか、二つの部でまずは考えてくれって言われたんだ。あと、グラウンドをどのくらい使いたいかも。

それで、土曜日はバスケ部部長の滝《たき》と話し合いをしなきゃいけない……はずが、もう滝のほうで、割り振り案を作ってくれていたので、おれは即ＯＫした。

バレー部に関して言うと——。

今までは体育館を、月水金と土曜の午前中、占有していた。なので、体育館を分けて、女子バレー部と男子バレー部でそれぞれ練習してたのだ。

でも、これからは女子バレーは、月曜金曜に体育館を半分使い、土曜日はグラウンドを使用する。男子は、水曜日と土曜日に体育館を半分使って、火曜日にグラウンドを使う（グラウンドは野球部との共用だ）。

要するに、今までよりも一日練習が減って、グラウンドでの練習も入ってくる。でも、しょうがない、って思うんだ。中途半端な報告をしても仕方ないので、部員にはまだ詳細は言ってない。決まってから伝える予定だ。

会議が始まった。

サッカー部部長のモニカと野球部部長の尾神《おがみ》が、滝の作ってくれた割り振り案をじっと見ている。気に入らないらしくて、眉間《みけん》のしわがどんどん深くなっていく。

「これさあ、あたしたち、譲歩させられすぎじゃないのぉ？」

モニカがまず言いだすと、尾神が深くうなずいた。

「野球部ってさ、火曜と木曜がおれら占有だったのに、木曜だけになって、火曜はバレーと共用になるってことだろ。さらに、土曜もさぁ、サッカー部と共用だったのが、バレーやバスケと分けろって……かなりきついな」

おれが答える前に、モニカがしゃべりだす。

「うんうん、そう。あたしひとりの問題ならいいけど、部長は、部員たち全員の気持ちを背負ってるからさぁ。簡単に『わかった』って言えないよ」

みんな黙った。三十秒たっても誰も口を開かない。

よし、ここはおれの出番と見た。

「あのさ、三十歳とか五十歳になってさ、あのときグラウンドをもっと占有したかったとか、他の部に半分取られてくやしかったとか、思う?」

誰も答えない。急にこんなこと聞かれても困るか。

「きっとそのくらいの年になったらさ、部活をがんばっていた日々が懐かしい、ってことくらいしか思い出せないよ。だったらさ、こんなことで部長同士ギスギスすることないんじゃね? 部長って、部員をなだめてさ、取りまとめるのが仕事じゃないかな。お互い譲り合う精神を教えてさ」

みんな目をそらしている。しまった……。おれ、失敗したみたいだ。

小会議室が静まり返っていて、外のいろんな音が聞こえてくる。

廊下《ろうか》をパタパタ歩く足音、コントラバスだろうか、器楽部の重低音。野球部の準備体操の掛け声。

おれは、突っ走って自分の意見を一気に言いすぎたことを反省した。いや、正確に言えば、そうやって、カッコ悪く見える行動を取ってしまったことを反省した。

案を出したのはおれじゃなくて滝なんだから、ムキになって推し進めることはなかったんだ。

でもさ。

あんまりゴネたって仕方ないと思うんだ。部活って、学校生活の一部でしかない。妙に、必死になって権利を主張するのって、イケてないから。

ああ、もう何もしゃべらねえ。なんなら今すぐ小会議室を出て行きたいくらいだけど、それは逃げてるみたいでカッコ悪いからガマンする。

そのときだった。

「涌井《わくい》くんの言うとおりだよね」

そう言いだしたのは、モニカだった。えっ、マジ?

「わたしね、部員たちが最近やる気出してきたから、サッカー部の権利を守らなくっちゃって思いすぎてた。そうだよね、そんなことで他の部とギスギスしたくない。わたし、サッカー部をちゃんと説得する。うーん……なるべく説得する」

最後、少し弱気になってるモニカが面白くて、おれは笑いそうになったけれど、こらえた。

尾神が発言し始めたからだ。

「オレも……うん。なんとか説得してみるよ」

あれ? じゃあ、おれの発言がきっかけで、ふたりとも反省して、滝の案が通ったっていうこと? それってオレ、めちゃめちゃカッコよくない?

「よし、この割り振り案で、ゴールデンウィーク明けからやりましょう。滝くんありがとうございました」

改まった調子で言ってから、尾神はハッとした顔になった。

「あ、でも、やべ！　和太鼓《わだいこ》部は、視聴覚室も音楽室も家庭科室もダメで……えーと、どうなったんだっけ」

阪上《さかがみ》はうつむきながら答えた。

「うちは……生徒ホールでやることになりました。先生の許可ももらったので。あそこは下駄箱《げたばこ》の隣で、くつを履《は》きかえるときはうるさいだろうけど、みんな、長い間いる場所じゃないから苦情も来ないと思う」

「いいのかよ。あそこ暗いぜ？　窓がない部屋だろ」

そう尾神がたずねると、阪上はめずらしくにこっと笑った。

「窓がないほうが、うちの部はいいいし、練習してると、通りすがりの人が興味持ってくれるかもしれないいし」

「よし！　よかった。決まり！」

阪上の気が変わらないうちに、と思ったのか、尾神が早口でまとめる。

卓球部部長の小寺優《こでらゆう》が、

「ありがとう。みなさん、ご迷惑をおかけしてすみませんでした」

って頭を下げてる。

強豪の卓球部は特別扱いで、水曜以外は全部、第一体育館を半面使うことになったのだ。

「本当にご迷惑だったよー」

冗談《じょうだん》っぽく言ったら、小寺が急にうるっと涙目になったので、びっくりした。

「自分の部にスーパースターがいるって、大変なんだよ……」

小寺もいろいろあるんだな。泣かせるとまずいから、これ以上いじるのはやめた。

会議を終えて、みんなで廊下に出ると、ちょうど東山亜李寿《ひがしやまありす》が前を通った。今日は部活があるみたいで、紺《こん》色の襟《えり》付きのユニフォームで、下が紺色のトレパンだ。

おれのことをまったく見ないで、小寺に話しかけてる。それって、全然眼中にないってことかな。あるいは逆に、おれを意識しすぎて、わざと無視しているのかな。

いや、意識しすぎてるのは自分のほうか。正直、気になってる。テレビで東山の特集見たんだ。あんなに一つのことに打ち込めるって、おれにはわからない。インタビューではいろいろしゃべってるくせに、学校ではほとんど口きかないギャップも謎だ。

そんなことより、さっさと部活に行かなくちゃ。

とりあえず制服のまま、体育館に駆けつけた。よかった。男女ともサーブ、レシーブの練習を始めている。一年生が十人ほど、見学していた。彼らにもボールを触らせてあげよう。

「集合！」

おれが声をかけると、みんなボールを壁際に転がして、走ってきた。

「実は報告事項があるんだ。既《すで》に聞いてるだろ？　第二体育室を取り壊す件。それで、卓球部がこの体育館を使うようになるから、来月のゴールデンウィーク明けから練習日程が変わる」

その日程を口頭で説明してから、

「後で、紙にまとめて部室に貼っとくから」

と付け足した。

ふと気になった。女子たちが、ひそひそと何かを話している。おれのズボンのチャックが開いてるとか？

「じゃあ、着替えてくるから。練習再開しといてください」

そう言って、急いで体育館を出て、通路に誰もいないのを確認したうえでズボンのチャックをおそるおそる見た。

ちゃんと閉まってるじゃないか！

じゃあ、あいつらはいったい何をざわついていたんだろう。

とにかく着替えなきゃ。部室に行ったら、小柄な一年生男子がドアをノックしていた。松葉杖《まつばづえ》をついている。

「今、全員体育館にいるから、誰もいないよ」

そう声をかけてみたら、一年生は振り向いた。

「あ、部長さんですよね」

「そう」

「ぼく、一年二組の宮本剣《みやもとけん》です」

「もしかして入部希望？　だったら体育館のほうに行ってくれるかな。一年生、けっこう来てるから」

「でも、ぼくの場合は事情が……」

「ん？　何が。まあ中に入って。急いでるから着替えながら聞くよ」

おれが部室のドアを開けて入ると、宮本もついてきて、壁際《かべぎわ》に立った。

よし、更衣室まで行かずに、ここで着替えるか。

「この足、治らないんですよ」

「ふうん……え？」

「膝《ひざ》に人工関節入ってて」

「事故かなんか？」

「いや、病気です。それ自体、完治したかどうかわかんないんだけど、とりあえず今んとこはだいじょうぶで」

「運動して、オッケーなわけ？」

「普通にバレーはできないから……シッティングバレーって知ってますか？」

「うん、一応」

テレビで、パラリンピックの放送をしていたとき、見たことがある。肩からおしりまでのどこかをずっと床につけたまま、バレーボールをやるのだ。これなら、足などに障がいがある人もできるってわけ。ネットの高さもコートの広さも、おれたちがやっているバレーとは違う。

「あ、知ってましたか。さすが部長。シッティングバレーなら、ぼくもできるかな、と思って」

「つまり、おれたちもシッティングバレーをやってみるってこと？」

「健常者も、障がい者がひとりいれば、チームを組んで大会に出られるんですよ。でも、ムリですよね」

やれるわけないよな、と挑戦されている気がする。

おれは、何もやらないうちにしり込みするのはカッコ悪いと思っている。

「いや、ありじゃない？」

「え！　本当ですか」

「部員たちにとってもいい経験になると思うし。勝手な想像だけど、そういう大会って、中学生はあんまり出ないだろうからさ。上位入賞できるかも」

「わー、マジですか！　ちょっとうれしいなぁ」

初めて、宮本が笑った。

「じゃあ、今日はとりあえず体育館で見学しといてよ。また、くわしいことは今度」

「はい」

シッティングバレーを、家に帰ってから調べてみよう。検索したら、きっと動画なんかもあるはずだ。

普段とは違うバレーをやることで、いろんな気づきもあるだろうし、部員たちにとっても勉強になると思う。

それからおれは体育館へ行って、いつもどおり練習を指導した。

宮本は、ちゃんとすみっこで見学していた。途中から松葉杖を壁に立てかけて、片足でボール拾いを始めた。

あいつ、運動神経いいのかもしれない。ボールをつかむまでの無駄《むだ》のない動きを見て、そう思った。

「お疲れさまでした！」

練習が終わって、みんなが部室や更衣室へ戻って行く。おれは、体育館のフロアに忘れ物がないかチェックしてから、電気を消そうとした。

そのときだった。

「先輩」

二年生女子が七人、扉からダダッと走ってきた。

「な、なんだよ。イノシシの群れみたいで怖いよ」

おれがそう言っても、誰もいっしょに笑おうとしない。

「どうした？」

みんなに背中を押されて、美緒が一歩前に出た。目を合わせようとせず、うつむいている。

「第二体育室が取り壊される件なんですけど」

「ああ、うん」

「わたしたち、グラウンドで練習しなきゃいけないんだったら、ここにいる七人は全員……」

「どうした？」

「退部します」

「え、今日エイプリルフール？」

おれは、両手を広げておどけるポーズを見せて、重苦しい空気を軽くしようとしたが、ひとりも顔を上げない。

「日焼けがイヤなんです。ＵＶケアしても、きっと将来シミとかできると思うし、バレー部は、野球部やテニス部みたいに帽子やサンバイザーかぶって、練習するわけにいかないし」

じゃあ、特別に帽子かぶることを許可する！

そう宣言したかったが、ますます空気が冷えそうな気がして、おれは黙りこんだ。

＊

土曜日。ゴールデンウィークに入ったところなので、今日の部活はない。本当なら軽音部の谷田と、原宿に古着を買いに行くはずだったのだが、それどころじゃなくなった。

おれは制服のズボンにできたしわを気にしながら、改札口を出た。いつも学校に通うとき乗り降りしている駅から二つ先の駅だ。

「よう、待った?」

改札口のすぐ外側に、美緒が立っていた。同じく、制服を着ている。

「あ、わたしもさっき」

ぺこっと頭を下げた。普段の「おれに会えてうれしいドキドキうきうき」なオーラを、今日はまったく発していないことに気づく。

五日前、「グラウンドで練習するくらいなら退部する」と二年女子たちが抗議してきて以来、気まずい空気になっている。当然だけど。

「じゃあ、行こうか」

すぐに長いレンガ造りの壁が見えてきた。ここは、おれたちが通う中学の、系列の大学なんだ。

守衛室のおじさんにあいさつして、構内に入った。たくさんの大学生が、ぺちゃくちゃしゃべりながら、行き交っている。制服姿のふたりは場違いでカッコ悪いかと心配だったけど、誰も気にしていないみたいだ。

中央広場の横にある体育館がおれたちの目的地だった。

「ああ、君が涌井くん？　中学部のバレーボール部の部長だっけ」

声をかけてきてくれたのは、大学の管理課で働いている重上《しげかみ》さんだった。背がひょろりと高い男の人だ。一メートル八五センチはありそうだ。

「体育館を土曜日の午前中、借りられないかっていう話だったね」

「はい」

会沢《あいざわ》先生にお願いして、相談してもらっていたのだ。今日十一時に会おうと言われたので、美緒と来た。

「確認したんだが、バドミントン部と卓球部が使うっていうことでね。君たち中学生に譲れる場所はないそうだ」

「あぁ、そうですか」

はぁーっ。しゃがみたい気分だったけど、もちろんこらえた。

そんなことなら、電話で断ってくれたらよかったのに。そうしたらすぐ切り替えて、市の公共施設とか、他の候補を探したのに。

右斜め後ろにいる美緒が、一言も声を発しないところがまたブキミだ。

「ただね」

重上さんが続ける。

「短大のほうの体育館があるのは知ってるかな」

「え？」

「こっちよりは小さいけど、この通りの突き当たりの左側にあってね。聞いたら土日は使ってないそうなんだ」

「え！」

おれと美緒は顔を見合わせた。

「そこ、今から見に行ってみるかい？」

「はい！　よろしくお願いします」

見事に、ふたりの返事がそろった。

四年制の大学と短期大学が、同じ敷地内にあるのだ。構内の案内マップには、短大の体育館が記されていなかったため、おれは存在を知らなかったのだった。

行ってみると、そこはこぢんまりとした建物だけれど、バレーボールのコートが一面ちゃんと取れる広さはあった。

「じゃあ、土曜日の午前中、三時間貸してください」

「いいけど、練習するときはコーチか顧問の先生に立ち会ってもらうようにね。体育館の中が子どもだけになるのは、困るから」

子ども扱いされるのは少しくやしかったけれど、おれたちはおとなしく、

「はい、ありがとうございます」

とお礼を言った。今までも土曜日はコーチが来てくれていたので、場所が変わってもだいじょうぶだろう。

体育館を出て、深呼吸をした。行きに見えなかったものが目につく。自動車置き場に並んでいる自転車のハンドルが銀色に光っている様子、学生向けの連絡メモがたくさん貼られすぎて、余白のほとんどない掲示板など。

「よかったな」

美緒に声をかけると、今日初めて目がちゃんと合った。美緒はぺこっとおじぎをした。

「どうもすみませんでした。本当に先輩ってすごい」

「え？　あ、いやいや」

「反省してます。わたしたち女子、感情的になっちゃって」

「いや、いいよ。美肌は女子にとっては大問題だから。おれにとっても」

自分のほおを指さしてみたら、美緒がくすっと笑ってくれた。

ようやく戻ってきたか。おれに対する「ラブラブ」な気持ちが。

「あ、そうだ。報告があるんだけど」

ついでに言っておこうと思った。

「はい？」

「ゴールデンウィーク明けたらさ、シッティングバレーっていうのも、練習に取り入れたいと思ってるんだ。女子部もよろしくな」

「なんですか、それ」

再び美緒の顔がこわばった。

「また勝手に決めるんですか」

「え」

「涌井先輩って、勝手に決めて、ちっとも相談してくれなくて、わたしたち、それがほんとイヤなんです」

今頃わかるなんてカッコ悪い。おれは美緒に嫌われている。

*

美緒と大学に行ってから九日がたち、ゴールデンウィークが明けた。今日、やらなくちゃいけないことがある。

「宮本くん、いるかな」

おれは、一年二組の教室の後方から、顔をのぞかせた。

昼休みだからいるかと思ったら、見当たらない。一番近くにいる女子が、

「第二体育室見に行くって、さっき言ってました」

と教えてくれた。

第二体育室の前はにぎやかで、運送の専門の人たちが卓球台や段ボール箱を次々と運び出している。

その体育室から二十メートルほど離れた通路に、宮本が松葉杖をついて立っていた。おれは近づいた。

「キミ……宮本くん」

「あ、涌井先輩」

宮本はニコッと笑った。

「なんでここに?」

「いや、ぼく、小学生んとき、バリバリ卓球やってて」

「え? そうなんだ」

「小四のとき、文化祭を見学に来たときは、合格したらここで部活やりたいなぁ、って思ってて。だから部員じゃないんだけど、第二体育室がなくなるのが、さびしくって」

途中からおれは上《うわ》の空《そら》だった。どうやって切り出そう。

「あのさ、バレー部の入部のことなんだけど」

「あ、入部届の締め切《しき》りですか?」

「いや、締め切りはないんだ。一年中、いつだって入部してだいじょうぶ」

「わっかりましたー」

「ただ、そのさ。シッティングバレーのことなんだけど」

「ああ、はい」

「やっぱり難しそうでさ」

のどのあたりが苦しくなる。前言撤回《ぜんげんてっかい》なんてしたくなかった。

「え、なんでですか。先輩、こないだいいって言ったのに」

宮本の顔から笑みが消えた。

「設備もなくて指導者もいなくて、急には難しいだろう、っていう話になっちゃって」

本当はぶちまけたかった。

おれはやろうって言ったんだけど、後輩がケチをつけてきたんだ。

美緒が「勝手に決めて、ちっとも相談してくれなくて、わたしたち、それがほんとイヤなんです」と。

本当はしかりたかった。

だって部長は自分で決めて部員を引っ張るのが仕事だろ？　おれが一、二年のときの部長もそうだったよ、と。

でもそこは譲歩した。「なら今から改めて相談するよ。シッティングバレーをやりたいんだけど」と言ったら、美緒にはねつけられた。

ただでさえ練習量が減るのに、新しい競技も始めたら、普通のバレーをやる時間が減って、試合に勝てなくなります。わたしは絶対反対です――。

意地を張りとおすこともできた。

でも、もし中二女子が全員、怒って退部してしまったら困る。

既《すで》に中三女子がいない。ケガや、勉強に専念したい、などの理由で次々退部してしまったのだ。これで中二も消えたら、女子は一年生しかいなくなってしまう。

おれは、美緒の言葉を尊重するしかなかった。

後輩のせいにするのはカッコよくないから、おれは自分がすべてをかぶって、宮本に説明しているのだ。

「うちにはちゃんとした指導者がいないし、きみがムリして練習して、足をさらに痛めても申し訳ないしさ」

こいつは口が立ちそうだし、嫌みの一つも言われるだろう。そう覚悟していたとき、思いがけないものを見た。

宮本の目から涙がこぼれている。

「一個目の夢が壊れて……二個目を見つけたと思った……のに」

「いや、あのさ」

おれは、なぐさめる言葉を探した。そうだ、マネージャーでいいなら入部を歓迎するよ……。

しかし提案する前に、宮本は歩き出した。松葉杖を使っているとは思えないほどすばやく、三メートル、五メートル離れていく。

そのときだった。

「サイッテー！」

振り向いて、おれは目を見開いた。

東山亜李寿じゃないか。腕に卓球のラケットケースを抱えている。大きな目がこっちをまっすぐにらみつけていた。

「剣は、喜んでた。『ぼくはシッティングバレーで、パラリンピックに出る』って言ってた。なのに、喜ばせといて断るって、ナシ！　ありえない」

なぜ東山は、他人のことでこんなに怒るんだろう。というか、東山とちゃんと話すのは今日が初めてだ。なんでこういう会話になってしまったのか。

「剣って、宮本のこと？」

「そう。宮本剣。あたしのいとこ」

「へ？」

「本当は、いっしょに卓球でオリンピックを目指すはずだった、二歳年下の、あたしのいとこなの！」

宮本と東山亜李寿が、いとこ同士？　卓球？　オリンピック？

おれはぼうっとたたずみながら、今日が人生で最低にカッコ悪い日だなと思っていた。

バスケ部部長ひとりぼっち

「はい、ゴールデンウィーク明けて、やっと部長会も落ち着きました。これからは週一ペースで、会議やっていきたいと思います。みなさん、四月は新しい練習の割り振り、決めるの、お疲れさまでした」

野球部の尾神《おがみ》が仕切っている。

「みんな、それぞれ慣れないと思うけど、大きな問題はない、ですよね？　ね？　滝《たき》くん、バスケ部のほう、すべて順調だよね？」

尾神はオレを指名してきた。

実は「すべて順調」ではない。

グラウンドのバスケのコートは、土なので、通常のボールが汚れてしまうから使えない。それで急遽《きゅうきょ》、グラウンド専用のボールを別に買ったのだが、安物だったからか、弾みすぎるのだ。これで練習を続けたら勘《かん》がくるってしまうかもしれない。

でも、部長会議で言ったって意味ないしな。それにこの弁当じゃ足りないから、早く終わらせて購買部へパンを買いに行きたいし。

「うん、まあ、順調といえば順調」

無難な返事をしておいた。

「じゃあ、他のみなさんも――」

尾神がまとめかけたところで、すっと手が挙がった。

バレー部の涌井《わくぃ》だ。

「うちはさぁ」

いつも、こいつにはイライラさせられる。髪をかきあげないとしゃべれないのか、おまえは。

「土曜日に男子が体育館、女子がグラウンドを使わせてもらうことになってたけど、どっちも返上するから」

「へっ？」

オレもふくめて、他の部長全員が、ハモってしまった。

「うん、ちょっとね。よそに練習場を見つけたもんだから。そっち使うよ」

「へえ、ありがとう！　じゃあ、既《すで》に体育館をフルに使ってる卓球部以外で、希望する部があったら、交替で使おうか。来週までに、どうしたいか、各部で考えてきてください」

尾神がそう締《し》めくくった。

会議が終わって、卓球部の小寺《こでら》がさっと立ち上がり、急いで出て行く。続いて、サッカー部のモニカが、小寺とは対照的にのんびりと後を追う。その次が尾神と和太鼓《わだいこ》部の阪上《さかがみ》だ。

涌井はのろのろと筆記用具を片付けていて、まだ立ち上がらない。

「おい、聞きたいんだけど」

オレは話しかけた。

「ん、何？」

また髪をかきあげる涌井。

「よその練習場ってどこだよ」

「ああ、うん。短大の体育館」

「短大って、うちの系列の？」

「そう。隣の隣の駅だから便利だし」

「ちょっ、それズルくないか？　誰の許可で、いつ取り決めができたんだよ。知ってれば、オレらだって使いたいって言うに決まってるだろう？」

最後は、やつに顔を近づけて、脅《おど》すように言ってみた。オレは「威圧感がある」とよく言われる。体がデカいだけじゃなくて、小学生のとき空手をやってたからだろうか。

いつもの涌井なら、ちょっとビビるはずだ。こいつは運動部だけど体育会系っぽくないから。なのに、今はそういう威圧がまったく通じない。スポンジを押してるみたいに、手ごたえがないんだ。

「あー、短大の体育館、よかったら君らも使えば？」

「え？」

「土日は空《あ》いてるんだって。バレー部は土曜の午前だけ使う約束だから、午後は多分空いてる。今週、いっしょに来て交渉する？」

「ん？　あ、ああ……サンキュ」

威圧してすまん。オレはお詫《わ》びのしるしに、まだ座っている、涌井の斜め横の席に腰かけた。こいつが立ち上がるまで、オレも付き合うつもりだ。

「なんかさー、おれ、もう練習とかどうでもよくなっちゃって」

変だ。おかしいぞ。いつもカッコつけてるやつが、机に頭をごんごんぶつけているではないか。

「どうした？」

「松葉杖《まつばづえ》で目立ってる一年生いるだろ？　宮本剣《みやもとけん》くん」

「ああ」

「昨日《きのう》、あいつを傷つけちゃった。そんでもって、東山亜李寿《ひがしやまありす》に、絶望的に嫌われた」

「何があったのか全然わかんねーぞ」

涌井は説明を始めた。

宮本剣は、小学五年生のときに、骨の病気が判明して、膝《ひざ》を手術したらしい。

運動神経が抜群によくて、本当は東山亜李寿といっしょに、卓球のトップを狙おうとしていたんだという。ふたりはいとこなのだそうだ。

「東山が言うには、宮本は小四のとき、卓球の全日本選手権の十歳以下の部門で、全国ベスト8に入ってたんだってさ。自分よりももっと活躍できるって期待されてたらしい」

「げ……そうなのかよ」

一瞬驚いたけれど、オレの頭に疑問が浮かんだ。

卓球だって、パラリンピックの種目があるはずだ。どうしてそっちじゃなくて、バレーやりたいんだろ……？

＊

水曜日は、卓球部が唯一、部活をやらない日だ。だから、体育館はオレたち男子バスケ部と、男子バレー部で半分ずつ使う。

更衣室で着替えていたら、ユニフォーム姿の涌井《わくい》がドアを開けた。

「おう、滝。いたか」

「ん？　どうした」

「今日はおまえんとこみたいだよ、宮本。昨日話してた一年」

「え、あいつが今度はバスケ部を見学しに来たってこと？」

オレは無意識のうちに、眉間《みけん》にシワを寄せていたらしい。

「そんな怖い顔、すんなよ。おれはあいつ傷つけちゃったから、おまえがフォローしてくれると助かるんだな。ああ、こんなこと頼んでるおれ、カッコ悪いけど。よろしく！」

こっちを拝んでから、涌井は更衣室を出て行った。

着替え終わって、体育館へ行った。本当だ。宮本が壁際にいて、既に入部した一年生と何かを話している。

あえて声をかけないことに決めた。

オレが下級生に求めるものは二つある。一つはバスケをやりたい気持ち。もう一つは、ある程度上達できる、身体的な能力だ。背が高い、すばしこい、小学生の頃からやっていた……そういうやつを求めている。「部員さえ増やせばいい」「誰でもいい」という考え方には共感できない。その基準でいうと、宮本はどちらにも当てはまらない。他のスポーツでもよかったけど、うまくいかなかったからバスケ……そういう消極的な選択は嫌いだ。

それに膝のこともある。卓球ですごい成績を残すくらいだから、もともと運動神経は抜群なんだろう。でも、膝を痛めていたら、ドリブルできないじゃないか。

それとも車椅子《くるまいす》バスケを考えているんだろうか。だとしたら、うちの男子部でチームを組むことは不可能だ。オレは涌井みたいに安請《やすう》け合《あ》いはしないんだ。

「よーし、今日は紅白戦やるぞ」

体育館は広くて、バスケのコートが二面取れる。だから、バレー部とシェアしていても、試合はできるのだ。

「一年は見学な」

宮本の視線を感じたが、気がつかないふりをした。文化系の部活もいっぱいあるんだから、そっちを見に行けばいいのに。

部長兼キャプテンのオレは、白のゼッケンをつけた。副キャプテンの岡田《おかだ》は赤のゼッケンだ。

試合が始まった。いきなり岡田がドリブルシュートを決めた。

オレは大声を上《あ》げた。

「ボール、こっち回せ回せ」

パスが回ってきた。

軽くドリブルしてシュート！　シュバッといい音を立てて、ボールがネットに吸い込まれる。

オレはこの音が大好きなんだ。

終わってみれば、うちのチームが十二点の差をつける快勝だった。

夜、家に帰ると、玄関のドアを開けるなり、シチューの香りがただよってきた。お気に入りの晩飯《ばんめし》だ。

そういえば、宮本は最後まで見学したのかな、と今頃ふと思い出す。まあ、別にいいや。入部届を持ってこない限り、放っておこう。

居間に入ると、母さんだけじゃなくて父さんもいる。ふたりはパソコンを見ながら、会話を交わしていた。

「ただいま。紅白戦フル出場して、腹減ったよー」

すると母さんが顔を上げて、微笑《ほほえ》んだ。

「お帰り！ 待ってたんだよ」

「え？」

「すごいニュースがあるの。ほら、お父さんから伝えて」

父さんの肩をつんと押しながら、母さんは笑う。なんだか上機嫌だな。

「ロンドンに転勤が決まったんだ」

「へ」

「イギリスに、うちの会社の支社を作ることになったんだ。父さんは副支社長。いい社宅を探してもらってる」

「え、いつ？」

「十月」

「ちょ……オレも行くの？」

母さんが、おどけて目を見開いてにらむふりをする。

「当然でしょ。少なくとも五年はイギリス生活になるのよ」

「でも、オレ、バスケ」

父さんがパソコンの前から立ち上がりながら言う。

「イギリスだったらな、バスケより、クリケットっていうスポーツが人気だな。あとはラグビーか。せっかくだから、そういうのを体験してみるのもいいかもな」

「いや、だけどオレ……バスケ」

「夏ぐらいに引退するんだろう？　その後でイギリス行けるからちょうどいいじゃないか」

「高校でもやるつもりなんだ！　オレはバスケが好きだし、向いてるし、バスケのプロの選手になれないかな、くらい考えてるんだよ！」

つい怒鳴《どな》ってしまった。すると、母さんが怒鳴り返してきた。

「プロなんて簡単になれるものじゃないでしょう？　駄々《だだ》こねないの。これは決定事項なの！」

＊

翌朝、学校へ行って、副キャプテンの岡田に転校のことを話した。

「マジかよーーっ！　あ、でも十月なら少し先か。今すぐ転校だったら、部活どうすんだよ、って思ったけど」

と、岡田は大きな声を上げた。それを聞いたクラスメイトが、会話に加わってきて、あっという間に校内に広まってしまった。

他のクラスのやつからも、

「転校するんだって？」

「行く前に、送別会やろうぜ」

などと話しかけられた。

もっと直前になってから言えばよかった。まだ五カ月も先のことなのに、追い立てられているみたいだ。

昼休み、購買部でパンを買ってから、オレはなんとなく中庭に向かった。教室にも戻りたくないし、部室にも行きたくないからだ。入学してから一度もそんな気持ちになったことはなくて、こういうとき、学校のどこへ行けば落ち着けるのかわからない。

中庭は混雑していた。弁当を食ってるやつらが大勢いる。どうしようか、と、何気《なにげ》なく空を見上げて考えているうち、えっ、と目を見開いた。

屋上から女子がひとり、身を乗り出しているのだ。中庭ではなく、西側のほうのフェンス。その女子とは、東山亜李寿ではないか！

いつもだったら、オレは周りの誰かに声をかけたと思う。「見ろよ、あれ。東山だろ。様子おかしくねーか？」などと言って。

でも、今は誰とも話したくない気分だから、ひとりで行動することにした。中庭から校舎に入り、階段を勢いよく駆け上がった。手に持っていたパンが、太ももに思いきり当たった。もしかして、ぺちゃんこになったかもしれないが、確認する余裕はない。

四階の屋上に着いて、重い非常扉《とびら》をぐいと押した。

東山は身を乗り出していた。

が、こうやって見ると、別にただ、両腕をフェンスの上にかけて、のんびりくつろいでいるようにも見える。

ぜいぜいと息を切らしている自分が、バカみたいではないか。

東山は無口で、でも怒ると、涌井を震え上がらせるほどに怖くて――。イヤなイメージしかない。でも、このままカン違いでした、と引き下がる気分にはなれない。

「おい、おまえさ。飛び降りようとしてるように見えたぞ」

ゆっくりと東山が振り向いた。

「あ、滝桐吾《とうご》だ」

呼び捨てかよ！　でもオレの名前を知っていてくれてよかった、という気持ちもあった。これまで一度も同じクラスになったことはなかったから。

東山は下のほうを指さした。

「あれを見てた」

オレはすぐそばまで近づいた。

「あ……。第二体育室。もうすっかりなくなったんだ」

ゴールデンウィーク中に建てられた囲い壁がとても高いので、体育室の解体がどのくらい進んだのか、わからなくなっていた。もう建物は消えて、あとは土台の部分を残すだけだった。

「ときどき見に来てたんだ。『バイバイ、体育室』ってね」

「そっか……」

どう会話を続ければいいか迷っていると、先に東山のほうが言った。

「転校するんだって？」

こいつの耳にまで届いていたのか。

「行きたくないんだけど」

「いいじゃん、ロンドン」

「おまえなら喜んで行くのかよ？」

強い口調で言ってしまった。ケンカ腰だと思われただろうか。

「わかんない」

「え」

「けど、わたしも『うちの高校に来ないか』っていう誘いはある」

オレたちが通うこの学校は中高一貫だ。中学を卒業して、別の高校へ行くやつはほとんどいない。

「卓球の強い高校？」

「うん。行きたくないって、思ってた。今の卓球部の仲間が好きで、ずっといっしょにやりたい、って」

「うん」

「でも、叔母《おば》ちゃんが……わたしの卓球の先生なんだけど、こう言うの。『今と同じ程度の努力しかしなかったら、今と同じ程度でしかいられないんだよ』って」

「え？」

「他の人だって努力するわけだからね。自分がもっと成長したかったら、今までよりももっともっと努力する必要があるんだって。環境を変えたり、練習スタイルを研究したり。『今のままでいい、っていうのは、新しい扉を開けようとしない〝怠慢《たいまん》〟じゃないの？』って。そう言われて迷ってる」

東山の叔母さんに会ったことはないが、自分が言われたみたいに、「新しい扉を開けようとしない」という言葉が刺さってくる。ロンドンを頭からはねつけるあんたは怠慢だよ！と。

ぼそっと東山が付け足した。

「わたしにくらべると、剣はすごいと思う。たぶん、剣は、新しい扉を開きたいんだ」

「剣って、宮本剣のこと？」

東山はこくっとうなずいた。

＊

翌日は、もうみんな、オレの転校話に飽きたみたいで、誰もまったく突っ込んでこなかった。それはそれで物足りない。自分がいなくなっても、こいつらの学校生活は何一つ変わらないんだな、きっと。

昼休み、三分で弁当をかきこむと、オレは廊下に出た。今日も、どこか人目を気にしないでいいところで、ゆっくり休憩したい気分だ。

一階に降りて、下駄箱《げたばこ》とは逆方向に向かってみた。校長室の先に「通用口」と書かれた扉がある。そこを押してみると、レンガの道が続いていて、上履《うわば》きのまま歩けそうだ。

道は大きくカーブして、校舎の裏側に続いていた。小さな花壇《かだん》があって、その前にベンチが二つ置かれている。こんな場所があるとは知らなかった。

オレはベンチにごろんと横になった。このまま気持ちよく昼寝してしまいそうだ。五時間目までずっと。それもいいかもしれない……。

意識が遠のきかけた頃、人の気配を感じて、オレはハッと体を起こした。

隣のベンチに宮本剣がいて、松葉杖を横に置いて弁当を開いている。

頭のなかをいろんな考えがめぐる。こいつはオレを追いかけてきたのかな。それはないか。じゃあ、いつもここで食べているのかな。もう一度目を閉じて、知らん顔をしようか。いや、今がいいチャンスではないか？

「あのさ」

突然声をかけると、宮本ははしを持つ手を一瞬びくっと震わせた。

「はい？」

オレのほうを数秒見てから、宮本はまた弁当箱に目を戻した。

「バスケ部、見学に来てるだろ？　あれって、マジで興味あるわけ？」

宮本は答えない。

「バレー部の部長に聞いたけど、おまえ、バレーでパラリンピック目指そうとしたんだろ？で、断られて今度はバスケを見にきて。正直、なんでもいいのかよ、ってオレは思ってた」

また答えないで、宮本はミートボールを口へ放り込む。

「でも昨日、東山としゃべったんだ。いとこなんだろ？」

「あ、はい……」

「東山は、別のことを言った。おまえはきっと新しい扉を開きたいんだ、って。『剣は病気になったからこそ、新しい世界に出会えた、という経験をしたいんだと思う』って」

花壇の花が、風に吹かれて揺れている。紫色の花びら。地面に「クレマチス」という立て札が差してある。

「それって本当にバスケなのか?」

「うーん……たぶん違うと思います」

「えっ」

もし歩きながら話していたら、オレはズッコけて転んだかもしれない。

覚悟していたのだ。「バスケをやりたいです!」と言われたら、車椅子バスケがどんなものか調べたり、部員たちに相談したり、いろいろやらなきゃな、と。

「ぼく……小四まで元気で、卓球やりまくってて」

「うん」

「それが急に病気になって、納得できなかった。膝に人工関節入れたけど、ぼくは運動神経いいし、スポーツ、やり続けられるって思ったんですよ。逆にスポーツ続けなきゃ、って思いこんでいるようなところもあった」

少しわかる。ロンドンでクリケットやラグビーをやったらどうだと言われても、納得できなかった。バスケを続けたい気持ち、整理できていない。

「だからバレーを考えて、次にバスケもありかなって」

「うん」

「でも、本当はもっと気になることを見つけてて」

「え?」

「それはスポーツじゃないから、なんか意地張っちゃって。まだ決心が」

「何部のこと言ってんのかよくわかんねーけど」

「まだ秘密」

「でも、その選択、きっといいんじゃないか?」

宮本はけへへ、と笑った。

「知らないのに、いいんじゃないかって言っちゃいます?」

「オレも、そうだから」

「え?」

「新しい扉がそこにあるのに、なかなか開ける気になれなくてさ。つまり、転校するのがイヤでイヤで」

「転校するんですか?」

「うん、十月に。ありえねえーって思ってた。でも行けば、きっと新しい景色が見えるんだよな？　昨日、東山と話したときに、ヒントもらった。東山の叔母ちゃんってのが、すげー強烈な人らしくて、新しいことに挑戦しないのは『怠慢』なんだってさ」

宮本がくすくすと笑いだした。歯にノリがくっついている。

「あの、先輩。その東山の叔母ちゃんって、ぼくのお母さんですよ」

「えっ、そうなのか！　おまえ、めちゃくちゃ大変だろうな」

顔を見合わせて、爆笑してしまった。

卓球部部長の悩み

「最近の部長会議は、さくさく進みますねえ」

尾神《おがみ》くんがニコニコしながら、司会をしている。

五月も終わりに近づいて、日差しが強い。窓を開けているけれど、空気がむわっとしている。

「もう議題がないや。何か連絡事項ある人いますか？」

わたしは眠気を感じながら、カーテンが揺れるのをぼんやり見ていた。

すると、和太鼓《わだいこ》部の阪上《さかがみ》さんがおずおずと手を挙げた。

「お、めずらしい。阪上さん」

「あの、みなさんの部活で、太鼓で応援していい大会とかありますか？」

「え？」

「和太鼓部で次の発表会って、町内会の盆踊りで。部員たちが、もっと他でも活動したいって」

「滝《たき》が転校するとき、部長会のメンバーで送別会やろうよ。そのときに和太鼓の発表やるっていうのはどう?」

そう提案したのは、バレー部の涌井《わくい》くんだ。滝くんは照れくさいのか顔をしかめながら言う。

「転校するの十月だぜ。みんな引退して、部長会はとっくに解散してるよ」

「じゃあ、それはまた考えるとして、小寺《こでら》さんはなんかありますか」

いきなり指名されてしまった。

「え? なんでわたし」

「和太鼓部の近況聞いたから、なんとなく卓球部も、って思って」

わたしが返事をするよりも前に、バレー部の涌井くんがうなずく。

「そうだねえ。卓球部って、大会はいつごろあんの?」

バスケ部の滝くんが、左手をグー、右手をパーにして、バシバシと突き合わせながら言う。

「そうだ。オレらは体育館をすげー譲ったんだからな。ちゃんと全国大会に進んでもらわないと」

ギュッと、おへその上が痛くなった。手を添えながらわたしは答える。

「六月に市大会があって、七月が県大会で、勝つとブロック大会で」

「その後が全国大会か」

「シングルスと団体戦があって、団体戦は、六人で戦うんだけど、去年は県大会二回戦で負けたから、もっと上に行かないと、って思ってて」

「え、東山亜李寿《ひがしやまありす》がいるのに、二回戦負け？」

尾神くんに聞かれて、わたしはうつむいた。

「団体戦って、シングルス四つとダブルス一つのうち、合計三つ勝たないといけないから。亜李寿だけ強くても勝ち進められないの」

それが、わたしを睡眠不足にしている理由だった。

自分たちが二年生の頃は、まだよかった。でも、三年生になって、学校の外でも注目されている。東山亜李寿のいる中学は、全国大会に出られるのかどうか、と。

「東山と小寺が勝ったら、あと一つ勝てばいいだけだろ？」

滝くんが鋭いところを突《つ》いてくる。まさにそのとおり。わたしが勝つか負けるか。そこが大きいのだ。だから、考えると夜眠れなくなってしまう。

「じゃあ卓球部さん、頑張って～」

部長会が終わっても、わたしはひとり残って、お弁当を食べ続けた。お気に入りの五目ちらしが、すっぱすぎる気がした。

でも、午後の授業で、うつらうつら居眠りしたら、少し回復した。

弱音を吐《は》いている場合ではない。

放課後は部活だ。わたしは部長でありキャプテンでもあるのだから、しっかりやらなくては。

卓球台を、みんなで手分けして八台並べる。一年生が十七人も入部してしまったので、練習の配分が難しい。

一年生に、コーチのていねいな指導を体験させてあげたい。でも、二年生十人と三年生八人全員が、個人戦のシングルスにエントリーしているので、そちらの子たちもコーチに見てもらわないといけない。

結局、最近は、二、三年生たちの練習をコーチに任せて、わたしが一年生の指導をしている。ラケットの持ち方から、フォアハンド、バックハンドのフォーム、そしてフットワークのやり方まで。

それで、ふと泣きたくなってしまうのだ。わたし自身の練習時間はどうやって確保すればいいのかなぁ、と。進歩できないのに、勝利を要求されるって、ムリがありすぎる……。

「優《ゆう》ちん、わたし、替わるよ」

心のなかを読み取ったみたいに、声をかけてきたのは、亜李寿だった。

亜李寿って、教室では仏頂面《ぶっちょうづら》で、あんまり人に関わらないようにしていて、でも卓球部ではきめ細やかに、全体を見渡してくれている。

「亜李寿はちゃんと練習しないと」

せっかく才能があって、期待されてるんだから。わたしたちみたいな普通の人と違って。

「わたしだってやるべきだもん。最上級生なんだから」

「え、でも……」

にこっと亜李寿は笑った。

「あと、よかったら日曜日、いっしょに練習しない？」

＊

日曜日の午後、わたしが亜李寿と待ち合わせしたのは、学校から三つめの駅だった。

駅から商店街が続いている。歩いていくうち、亜李寿が一番端《はし》の建物を指さした。三階建ての灰色のビルで「宮本《みやもと》クリーニング店」という看板が出ている。

「あそこ。五歳のときから通ってるんだ。叔母《おば》ちゃんの家。うちのお母さんの妹」

前に聞いたことがある。叔母さんの噂《うわさ》。卓球でスターになる人って、親も卓球をやってて、小さい頃から練習するパターンが多いらしい。亜李寿の場合、それがお母さんじゃなくて、叔母さんというわけだ。

「え、そこで……練習するの？」

亜李寿は自分自身が全日本選手権に出るくらいだから、なんとも思わないだろうが、わたしみたいな平凡な中学生が、そんなすごい人に練習を見てもらっていいのか。

こんなレベルの低い子が部長やってるの？　あきれられたらどうしよう。

そういえば、亜李寿のもとに、青森や大阪の強豪校からスカウトが来ていると聞いたことがある。亜李寿とわたし。誰が見てもきっと釣り合わない。

「叔母さんって、全日本でベスト16に入ったこと、あるんだっけ」

「今も毎年、全日本選手権出てるんだよ、加代子《かよこ》叔母ちゃん。昔から、練習のときは叔母ちゃんじゃなくて『先生』って呼べと言われてるんだけど」

「先生ね。うん、わかった。ちなみに、ここって、一年生の宮本剣《けん》くんのおうちなんだよね？」

松葉杖《まつばづえ》をついている宮本くん。運動部を全部回ると言っていたらしいけど、卓球部には結局来ていない。どうしているのかな、と思っていた。

「そう。いとこ。小学生んときは、いっつもいっしょにここで練習してた」

表の自動ドアは通り過ぎ、裏側に回ると、普通の家の玄関と同じつくりになっていた。

「いらっしゃい」

ショートカットの女の人が顔を出した。ユニフォームっぽいポロシャツを着て、トレパンをはいている。

亜李寿がわたしの背中を押した。

「友達。うちの部長、チームの要《かなめ》なんだよ。小寺優ちゃん」

「そんな。部長って雑用ばかりで大したことしてないんです」

面倒なだけだし。そう思ってからふと気づいた。あれ、そうでもない。部長会議では、他の部長たちとつながりもできたし。

「どうも。姪《めい》っこがいつもお世話になってます」

宮本先生は笑顔になったけど、目だけは鋭いままでちょっと怖い。

「さっそく練習しよっか」

「はい」

まるまる一室、卓球専用の部屋があった。台が中央に置かれている。

「専用の卓球室があるって、すごい」

そこで着替えさせてもらって、バッグを隅《すみ》の椅子《いす》に置いた。準備運動をしてから、わたしはラケットを取りだし、亜李寿を相手に打ち合った。

宮本先生は腕組みしながら見ている。人のせいにしてはいけないけど、その厳しい目つきのせいで、わたしの肩には無駄な力が入ってしまう。

「小寺さんがどういうプレーをする選手か知らないからねえ。亜李寿と小寺さんで、試合形式にしてみようか。とりあえず1ゲーム」

そう言われて、わたしはうつむいた。自分でも、自分がどんなプレーをする選手か、よくわかっていない。

ボールに強い上《うえ》回転をかける「ドライブ」は好きだけれど、それが決め球というほどでもないし。

学校ではここ一年、亜李寿と練習試合をやったことはなかった。表向きは、下級生の面倒を見なきゃいけないからだけれど、本当は違う。みんなの前で亜李寿にボロボロに負けたら、部長なのに恥ずかしいから。

なのに、亜李寿はやる気まんまんだ。ラケットの柄《え》をタオルでていねいに拭いて、そして卓球台の向こう側でかまえている。

ラブゲームだけは避けなくちゃ。1点も取れずに0点のまま終わってしまうことをラブゲームというのだ。

試合が始まった。わたしからサーブする。

亜李寿のスマッシュは強烈で、少しでも球が浮くと打ち込まれる。だから、球を低く左右に散らして、攻撃態勢に入れないようにした。

よし、バック側のライン際《ぎわ》に、球を落とすことができた。回り込んで亜李寿は強引に打とうとしたけれど、球はネットを越えなかった。

「あー、しまった!」

亜李寿が大きな声を出す。先にわたしがポイントを取れた!

でもそこからはやはり亜李寿が力を発揮して、すぐに逆転された。

結局、11−4で終了した。

ラブゲームじゃなくてよかった……。そう思っていると、宮本先生が自分のラケットを振って、顔に風を送りながら言った。

「小寺さん、惜しいね。いろいろと」

「惜しい」っていう言葉。

もちろん、ほめられていない。でも自分としては意外だった。「お話にならないね」というくらい、ダメ出しされると思っていたから。

宮本先生はこっちをまっすぐに、にらみつける。いや、もともと目ヂカラが強いだけで、怒ってるわけではないのだ、ということに気がついた。

「まず戦略的なことを言うとねえ」

「はい」

「亜李寿に攻撃させないようにするのはいいんだけど、防御一辺倒で相手のミス待ちだと厳しい。自分がチャンスを作って、隙《すき》があれば攻める。そのためには、相手のリズムを狂わせる。遅い球と速い球をまぜたりね」

そうか。わたしって受け身なんだ。相手のボールを返すことばかり、いつも考えてきた。相手が勝手にミスしてくれるのを待っている。

「でも、戦略的なことより何より、姿勢かな」

え、と思って、わたしは背筋《せすじ》をぴっと伸ばした。

「あ、そっちの姿勢じゃなくてね。卓球に向かう姿勢。楽しんでないよね？　卓球が難行苦行になってない？」

「えっ……えぇっと」

小学生のとき、卓球部に入って、ボールの音がコッコッ鳴るのが楽しかった。中学でも続けることにして、入部してわくわくして……。

今は、体育館に行くとき、いつもおへその上がちょこっと痛い。

「上達するにつれて、壁も高くなってくるし、楽しい楽しいって、キャッキャ言ってられない気持ちもわかる。でもね、やっぱり根底に『楽しい』とか『好き』がなかったら、何かを続ける意味はないと思うんだよね」

「は……」

「たとえばカレ氏がわがままで腹が立つ。でも、根底に『好き』があるから、なんとかやっていこうと思う。それがなくなったら、別れるしかない」

わかりやすく例えてくれたみたいだけれど、カレ氏ができたことは一度もないので、正直かえって難しい。

「卓球が苦しいだけなら、やめちゃえばいいんだよ。亜李寿にも言ってる。ジュニア期待の星って言われて、もうつらくてつらくてどうしようもなくなったら、別にやめちゃえばいいの」

え、そうなのかなぁ。頭が混乱して、すぐには返事できない。

「うちの息子のこと知ってる？」

「あ……はい、少し」

「卓球をやめたこと、周りに誤解されてるんだよね。膝《ひざ》を手術して卓球ができなくなったから、やめたんじゃない。剣は、卓球を楽しめなくなったからやめるの。そして最近、もっと他に楽しいことが見つかりそうで、それはとてもいいことだと思ってる」

「あ、はい……」

「だから、亜李寿にも遠慮しないで、って言ってるの。剣が卓球やめたから、自分もここに通いづらくなるとか、言わないで、ってね。みんな、それぞれの道を全力で生きてるだけのこと」

部屋の隅《すみ》の冷蔵庫を亜李寿が開けて、ペットボトルを取りだしている。一本、わたしに投げてくれた。

宮本先生は続ける。

「『好き』じゃなかったら、やってられないよね。亜李寿は、試合のない日曜はここで、朝八時から夜十時まで、休憩挟んでも十時間は練習してる」

「十時間……」

「それじゃ手首の腱鞘炎《けんしょうえん》も治らないのにね」

「えっ、亜李寿って腱鞘炎なの？」

亜李寿はドリンクをごくごく飲んでいて答えない。こめかみのあたりがジンジン熱くなってきて、わたしは指で押さえた。まるきりわかってなかった。自分だけが犠牲になっていると思っていた。

部屋のドアが急に開いた。ひょこっと宮本剣くんが顔をのぞかせる。

「あ、剣！　いたのかよぅ」

亜李寿が声をかける。

「今日はひとりじゃないんだね？」

剣くんがそう言いながらこちらを見る。わたしは小さくおじぎをした。

「あ、お邪魔してるね。わたし――」

「どーも。卓球部の先輩ですよね。ごゆっくり。これから部活の秘密会議があるから、行ってきまーす」

剣くんは手を振って、出て行こうとする。宮本先生が後ろから、

「帰り、迎えに行くから電話してね」

と呼びかけている。わたしも思わず、つられて声を発していた。

「あの……宮本くん」

振《ふ》り返《かえ》ったまるっこい顔。アゴにぽつっとにきびが一つできている。

「何部に入ったの？」

「ぼくを一生懸命誘ってくれた部があって。そのときに心のなかでいいなって思ったけど、断っちゃって。どうしようって思ってたんだけど、バスケ部の滝先輩が相談に乗ってくれて」

「バスケ部……ではないんだよね？」

「えへへ、もっともっと楽しい部です。ぼくにとっては」

ニッと笑って剣くんは続けた。

「ズーンと胸まで音がひびく。勝ち負けじゃなくって、どれだけ音を出せるか『自分との勝負』なのも新しいなって思って。あ、つまり和太鼓《わだいこ》部です」

＊

四時間目の授業が終わって、わたしはお弁当箱を持って教室を出た。

「臨時の緊急部長会議をやるから、昼休み、生徒ホールに来て」

朝、急に、尾神くんにそう言われたのだ。

何が議題だろう。面倒くさいことじゃないといいな。そう思いかけて、わたしは首を左右に振って、その考えを追い出した。

もう、ネガティブなことは考えないようにするんだ。トラブルがあっても、受けて立とうじゃないの。

通路の端の階段へ向かいながら、わたしはひらめいた。

そうだ。ついでに、自分たち卓球部の報告もさせてもらおうか。

あさって日曜日、団体戦の市大会が行われる。

前に、部長会議でみんなに大会のことを聞かれたときは、ほんとは知られたくなかった。でも、隠す必要ないじゃない？と思えるようになったのだ。あれ以来、宮本クリーニング店で毎週日曜日、練習させてもらっていて、自分が今「ベストを尽《つ》くしてる」と、納得できるようになったからかも。

そんなことを考えながら歩いていると、後ろから背中をぽんとたたかれた。

「優も購買部行くの？」

亜李寿だった。

「ううん、生徒ホール。亜李寿は？」

「わたしはカレーパン買いに」

生徒ホールと購買部は隣り合わせの場所にあるのだ。

廊下《ろうか》をいっしょに歩き始めた。

「ねえ、亜李寿、ありがとね」

今まで面と向かって、一度も言っていなかったのだけれど、こうやって同じように前を向いて歩いていると、打ち明けやすい。

「何が？」

「毎週、宮本先生のとこ、わたしもいっしょに行かせてもらって」

わたしは十時間もいないけれど、午後に四時間くらい、たっぷり練習してる。おかげで、夜、不安で眠れなくなることも、もうない。

「こないだ聞いた宮本先生の言葉、ノートに書いちゃった」

「え、どんなやつ」

「勝つときは勝つ。負けるときは負ける。そのときベストの結果を出せば、それでいい。ダメなのは、試合前、試合後にくよくよ悩むこと」

「あーはいはい、言ってたね」

「くよくよ悩むことは、実は、エネルギーと時間を消費する。そのエネルギーを、『頑張ろう』とか『次こそ』っていうふうに振り替えられたら、もっと強くなれる。先生にそう教えてもらって、感動しちゃった」

「優って素直だねー。わたしはしょっちゅう言われすぎてるせいかな、もう耳に入らないよ～」

わたしが笑うと、亜李寿がちらっとこっちを見た。

「こっちこそ、ありがとうなんだ」

「え?」

そろって階段を下りる。踊り場の上にある窓から、明るい日差しが差し込んでくる。

「腱鞘炎のこと。心配してくれて。あと、誰にも言わないでくれて」

「あ……うん」

宮本先生のところで、亜李寿が右手首の腱鞘炎に悩んでいることを聞いた。病院に通っているらしい。

亜李寿は、内緒《ないしょ》にしてと頼んできたのだ。だから言うとおりにしている。

「うちのお母さんがさ、人間不信で。誰にも弱みは見せるなって言うの」

「あ、そうなんだ……」

「お母さんね、『わたしが亜李寿の一番の応援団よ』ってインターネットで応援ブログを書いてて、別の選手のファンの人を怒らせて炎上しちゃったことがあって」

「え、そんなことが！」

「それからは、わたしにも『隙《すき》を見せるな』って言うんだ。誰もかれも、人を陥《おとしい》れるチャンスを待ってるんだから、だって」

「そっか……」

「だから卓球部でもクラスでも、本当はみんなわたしのこと嫌いなのかな、って不安だったし」

「そんなことないよ！」

言いながら反省する。ちょっとだけ亜李寿にイライラした時期、あったかもしれない。体育館やグラウンドの使用について、部長会議で話したときも、「亜李寿のいる卓球部」を背負うのは重かった。

「うん。前から、優とはもっとしゃべりたいな、って思ってて。だから練習誘ったんだ。最近、学校も部活も前より楽しくなって」

「よかった」

「市大会、頑張ろうね」

「うん」

もっと話したい。ずっと話していたい。でも、目的地に着いてしまった。

「じゃあ、わたし、生徒ホールで臨時部長会議だから」

「うん、じゃあね」

そのとき、ホールからサッカー部部長のモニカが出てきた。

「わ、ちょうどいい。奇跡。ねえ、亜李寿も少しだけ寄っていってくれないかな?」

奇跡? ちょうどいい? それって、なんのことだろう。

生徒ホールに入った瞬間、尾神くんの声が耳に飛び込んできた。

「卓球部といえばさぁ、東山って最近、雰囲気変わったよな? こないだ下駄箱《げたばこ》で『おはよう』ってあいさつされてさ。マジびびったー。笑うとかわいいのな。やっぱオレのタイプかも」

椅子を運んでいる尾神くんに、涌井くんが「あっちあっち」と、指をさす。尾神くんはさけんだ。

「うえ！　本人がいるじゃんか」

亜李寿とわたしは、顔を見合わせて笑った。

部屋の奥のほうでは、和太鼓部が太鼓をセッティングしている。昼休みの間、部活をやるみたいだ。それなら、なぜここで部長会議を開くのだろう。

「ちょっと失礼しまーす」

わたしたちの後ろから宮本くんが入ってきたので、早口でたずねる。

「あ、ねえ、宮本くん。これから、部活なんだよね？」

「へえ、なんにも聞いてないんですねー、先輩。今日は和太鼓部、今年度初の校内ステージですよ。入部したばかりのぼくも、大事なパートやりますからね。あ、すいません、ぼくの太鼓。はい、その位置でだいじょうぶです」

平胴《ひらどう》太鼓を運んでいた阪上さんのところへ、宮本くんは行ってしまった。

「なんなのかな、これ」

亜李寿に聞かれて、わたしは首をかしげた。

「和太鼓部が、太鼓を披露する機会がほしいって以前言ってて。それで部長会のメンバーの前でやることになったのかなぁ？」

それのどこが緊急会議なんだろう。

滝くんは既《すで》に椅子に腰掛けていて、こちらを見て、手招きしている。

「*Sit down here. Come on.*」

十月にロンドンへ引っ越す滝くんは、英語を一生懸命練習しているそうだ。最近は日常会話のフレーズが、口をついて出てくるんだって。

「う、うん……」

わたしたちが着席すると、後ろの滝くんの右側にモニカ、左側に涌井くんが座った。

和太鼓部の部員たちが並んだ。一番左側が阪上さんで、横に十二人も並んでいる。新入生がたくさん入ったのだ。一番右側に置かれたパイプ椅子に座っているのが宮本くんだった。

全員が藍《あい》色のハッピを着て、頭におそろいのハチマキを巻いている。

尾神くんがステージの脇に立った。

「お待たせしました。これから、緊急部長会議を開きたいと思います。本日は特別に、和太鼓部がゲスト出演、あと東山亜李寿さんが飛び入り参加！」

後ろの三人が拍手するから、わたしと亜李寿も合わせてたたいた。

「あさってから市大会に挑戦する卓球部。部長会議のメンバーのひとり、我《われ》らが小寺優を送り出すために、これから壮行会をやります」

「え?」

わたしはまばたきを忘れた。亜李寿が、ぎゅっと手をにぎってきた。

「壮行会なんてすごいじゃん」

阪上さんがバチを振り上げて、大きな宮太鼓をどーんとたたいた。

ドン! 胸を突かれたみたいに、振動がひびいてくる。

宮本くんは椅子に座り、タッカタッカタッカと、平胴太鼓のふちを使って、明るい音を立てる。そのリズムに合わせて、みんなが太鼓をたたき始める。

「ちくしょー、カメラで撮って、叔母ちゃんに見せたかった」

亜李寿がうなっている。

ときどき、変なところで誰かがたたいている。明らかにミスだと思う。でも、ちっとも気にならない。

みんな太鼓が好きで好きでたまらない、っていうのが伝わってくるから。

タタン、と最後に宮本くんが太鼓をたたいて、曲が終わった。

阪上さんが一歩前に出る。

「和太鼓部部長になって、心細くて、部長会議が最初は怖くって。でも、みんなと知り合いになれて、第二体育室のことも、いっしょに解決できて。もっともっと仲良くなれたらなって思います。太鼓の振動を感じてください」

ぺこっとおじぎをして下がると、端にいた尾神くんがこちらを見た。

「じゃあ、小寺さん、ひとこと。サプライズ、どうですかぁ？」

「ありがとうございます……」

わたしは立ち上がった。なんて言えばいいのかわからない。

「こんなふうに応援してもらって『絶対勝ちます』って言わなきゃいけないんだろうけど……わかりません」

尾神くんがずっこけている。

「でも、百パーセント頑張ります。中学最後の大会、楽しみます。よかったらあさって、見に来てください！」

みんなに拍手してもらえた。

「じゃあ、次の曲、お願いします」

そう尾神くんが言う。これで終わりかと思ったのに、まだ続くんだ。こんなに熱く送り出してもらえるなんて。

ちらっと後ろを振り返った。モニカは、太鼓が始まる前から手拍子して、ノリがいい。涌井くんは首をぎゅっぎゅっと手で押さえている。リンパマッサージだろうか。滝くんは、太鼓のバチの振り方をさっそくマネしている。

ばらばらの部長たちだけれど、でも、もしかしてこれからもずっとずっとつながっていける六人なのかも。

ドドドン！　また太鼓が勢いよく鳴りだした。

（終わり）

著者　吉野万理子（よしの・まりこ）

1970年生まれ。神奈川県出身。作家、脚本家。
上智大学文学部卒業。新聞社、出版社勤務を経て、2005年、『秋の大三角』（新潮社）で第１回新潮エンターテインメント新人賞を受賞。『チームふたり』などの「チーム」シリーズ（学研プラス）、『赤の他人だったら、どんなによかったか。』（講談社）、『いい人ランキング』（あすなろ書房）など著書多数。『劇団6年2組』『ひみつの校庭』（どちらも学研プラス）でうつのみやこども賞受賞。脚本では、ラジオドラマ『73年前の紙風船』で第73回文化庁芸術祭優秀賞を受賞。

装画・イラスト　イシヤマアズサ

装丁・デザイン　野﨑麻里亜（朝日学生新聞社）
編集　水野麻衣子（朝日学生新聞社）
書籍版編集　佐藤夏理（朝日学生新聞社）

部長会議はじまります

2019年2月28日　初版第１刷発行
2019年4月30日　第２刷発行

著　者　吉野万理子
発行者　植田幸司
発行所　朝日学生新聞社
〒104-8433　東京都中央区築地5-3-2　朝日新聞社新館9階
☎03-3545-5436（出版部）
www.asagaku.jp（朝日学生新聞社の出版物案内）
印刷所　シナノパブリッシングプレス

ISBN 978-4-909064-73-8

本書は、朝日中高生新聞に連載された「部長会議はじまります」（2017年4月～9月）、「部長会議は終わらない」（2018年4月～9月）を、ともに加筆して掲載しています。

本書に関するご意見・ご感想をお待ちしております。
information@asagaku.jpまでお寄せください。